もしもし下北沢
よしもと ばなな

你好下北泽

Banana Yoshimoto

もしもし下北沢

[日] 吉本芭娜娜　著
[日] 大野舞　绘
弭铁娟　译

上海译文出版社

Japanese original edition published by The Mainichi Newspapers
Simplified Chinese translation rights arranged with Banana Yoshimoto through ZIPANGO, S.L.
Illustration by Mai Ohno

图字：09－2011－532号

图书在版编目（CIP）数据

你好下北泽/（日）吉本芭娜娜著；（日）大野舞绘；弭铁娟译.—上海：上海译文出版社，2022.10
ISBN 978－7－5327－9158－3

Ⅰ.①你… Ⅱ.①吉… ②大… ③弭… Ⅲ.①长篇小说—日本—现代 Ⅳ.①I313.45

中国版本图书馆CIP数据核字（2022）第182577号

你好下北泽
［日］吉本芭娜娜/著 大野舞/绘 弭铁娟/译
责任编辑/姚东敏 装帧设计/汐和 at compus studio

上海译文出版社有限公司出版、发行
网址：www.yiwen.com.cn
201101 上海市闵行区号景路159弄B座
上海雅昌艺术印刷有限公司印刷

开本 787×1092 1/32 印张 10.75 插页 26 字数 115,000
2022年12月第1版 2022年12月第1次印刷
印数：0,001—8,000册

ISBN 978－7－5327－9158－3/I·5693
定价：58.00元

我最喜欢的已故电影导演市川准先生曾经拍摄过一部名字为《熙熙攘攘下北泽》的电影。

为了给自己要搬到下北泽去的想法打气，在从父母家搬出来之前，我曾经在深夜一遍又一遍地看过这部电影。是为了坚定自己的决心，也是想让自己的身体充分地感受一下下北泽的氛围。

下北沢駅
SHIMOKITAZAWA STN.

OPEN

这种没有任何人为和刻意成分的自然杂乱的街道建设，有时显得特别美。就像鸟儿啄着花蕊，猫迅捷地爬上跳下一样。某些看上去显得杂乱无章的地方，我觉得却正是其无意识中最美的部分。

我们吃完了刨冰，又狼吞虎咽地吃了蔬菜沙拉，喝了咖啡，情绪终于沉稳下来，我记不得这种轻松沉稳的心情已经有多长时间不曾有过了。

我最喜欢的已故电影导演市川准[1]先生曾经拍摄过一部名字为《熙熙攘攘下北泽》的电影。

为了给自己要搬到下北泽去的想法打气，在从父母家搬出来之前，我曾经在深夜一遍又一遍地看过这部电影。是为了坚定自己的决心，也是想让自己的身体充分地感受一下下北泽的氛围。

在电影里，有一段钢琴家海明·富士子[2]女士描述下北泽街道的场景。画面上富士子女士在车站前的商店街一边闲逛一边买着东西。画面背景的解说音，用的就是富士子女士本人的声音。

“这种没有任何人为和刻意成分的自然杂乱的街道建设，有时显得特别美。就像鸟儿啄着花蕊，猫迅捷地爬上跳下一样。某些看上去显得杂乱无章的地方，我觉得却正是其无意识中最美的部分。

“当任何一件事要有一个新的开始时，最初的阶段总是浑浊不清的。

“可是，渐渐地就会变得清澈，那是在其自然的运动中静静地形成的。”

当我第一次看到这一段时，我的泪水不由自主地流了下来，内心里深切地感到她说得真好。于是一遍遍地看着、默记着、积蓄着勇气。

当一个人朦朦胧胧正在寻找的答案，突然有人替你清楚地说出来的时候，内心竟觉得是这样的安心。

1　市川准（1948—2008），日本著名电影导演，他的电影大多和自己出生的城市东京有关。市川准的片子大多比较安静、克制，关注的对象永远都是小人物的情感。代表作有《东京夜曲》《大阪物语》《阪本龙马，他的太太和她的情人》《托尼瀑谷》《熙熙攘攘下北泽》等。

2　海明·富士子（Fujiko Hemming，1932—　），原名大月富士，是一位活跃于日本和欧洲的钢琴家。出生于德国柏林。母亲死后，富士子于1995年回到日本，之后长期居住在下北泽，作为钢琴家和钢琴教育家活跃在日本。擅长演奏李斯特的乐曲，她演奏的《钟》曾感动过上万听众。

也许正是因为富士子女士有着那样一个不同寻常的人生经历，有了这些经历的沉重积累，才会使她在电影里那段完美的语言拥有了一种更深刻的含义，从而给人以震撼，给人以鼓励，让人更脚踏实地吧。

我多希望自己也能像富士子女士那样，在某些方面能够给别人带来如施魔法一样的影响啊！

深夜当我这样独思孤想的时候，我便有了一个深深叹息的空间。我想也许正是这些才好不容易让我支撑过来的吧。

失去父亲以后，一开始我那种消沉失落感并不是特别剧烈，而是像被击中了腹部一样，那种苦痛是慢慢涌上来的。当我意识到时，人已经消沉下去，于是抬起头，下意识地让自己振作起来，然而很快却又在不知不觉中消沉下去，就这样反反复复。

我变得爱抠死理，身体好像也变小了似的缩进一个硬壳里，从而更深地沉溺于自己思考的事情当中，以此来保护自己免受伤害。

而像花呀、光呀、狂欢热闹呀，这些东西，不知何时，早已离自己的感觉越来越远，我仿佛被关闭在一个活生生的昏暗阴沉的黑洞里一样。在内心深处只有一种生猛狰狞的力量还有着存在的意义。而那些美丽的轻松快活的东西早已失去了存在的价值。

在那阴森的黑暗中，我只是麻木地移动着、呼吸着、呆呆地注视着眼前的东西。

于是，慢慢地好像看到了一丝丝光亮。

但那并不是真实的光亮。

黑暗依然没有改变，弥漫着生猛狰狞的血腥气味。

慢慢地适应了一些后，我才开始理解那些事物的振幅所延伸出来的美学意义，也终于明白了富士子女士说的那些话中所蕴含的更深一层的含义。

我搬到下北泽生活，是在父亲被一个女人裹挟到茨城的一片树林中殉情大约一年以后的事情，据说那个女人是父亲的一个远亲，可我和母亲却从来没有听说过。

那个女人，先是有事找父亲商量，慢慢地便有了更深一层的关系，有一天，她把父亲约出去，在父亲的酒中下了安眠药，然后开车载着父亲来到一片人烟稀少的郊外树林里，拿出她事先准备好的煤炭，烧炭自杀，当然，那个女人也死了。车子被封得密不透风，没有任何其他的犯罪嫌疑。

虽然我父亲可能有自杀的倾向，但说白了，其实他是“被杀”的。

关于这一点，有着怎样的现场，怎样具体的判断，我和母亲被动地听了多少、见了多少。我不想再细说。

因为无法承受的打击实在太多了，还无法梳理。

关于那个时期的记忆，也是断断续续的，也许用一生都无法完整地回忆起来。如果说人生就是这些无法接受无法理解的东西的累积的话，那么这件事沉重和深刻的程度，大概耗尽一生都难以承受。

最近好像爸爸在外地过夜的演出多起来了似的，早上才回家的情况也不少，是不是外面有人了呀。但是，爸爸好像还不是那种舍得抛弃家庭的人吧。如果外面真有了人的话怎么办啊？日子还不是照样得往下过啊。想那么多也没用，等时间长了，自然会厌倦，自己也就回来了等等等等。我和妈妈就这样漫不经心地谈论着这个话题。当有一天警察突然打来电话时，我们除了震惊还是震惊。

哭过、喊过、疯狂过，有一阵子所有能够发泄的事都做了，真的有些不管不顾了。可是我和母亲依然身心俱碎，唯有互相支撑。

置身于音乐界的父亲，偶尔偷个腥啊什么的，好像也不是什么特别意外的事，总觉得如果监视得太严的话，搞不好会造成家庭的破裂。对于我们这种奇怪的想法，以及后来在一定程度上对于父亲每天自由自在状态的放任，我们也深深地自责过。

除了到外地巡演之外，父亲即便是天快亮了才能回家，也从不住在外面，这是他的底线。不管我还是母亲，凡是和他约好的事情，无论那件事多小，他都会记到笔记本上，或者记到手背上，从不爽约。即使是现在，每当我想起父亲的手，首先浮现在脑海里的依然是他手背上写着字的样子。

从“买牛奶”到“下周一起去吃饺子”，基本上都能履约的父亲，作为一个乐队成员的同时，首先是一个好父亲。

所以我们也就疏忽大意了。

因此当父亲以那种方式死去以后，我们直到参加完他的葬礼，依然感到震惊得无以复加，很长时间都无法接受这个现实。

那个女的也死了，不可能再去惩罚她了。诸多复杂的情绪还没有找到发泄的地方，一切却都已结束。也许应该找一找和那个女人多少有些血缘关系的亲属，向他们请求一些赔偿。可那又能怎么样呢？再说，即使找到了，我和母亲也不想见他们。

据说，那个女人刚一出生就被送人做了别人家的养女。在她死之前，她很早以前就从养父母家离家出走了，所以几乎没有什么亲戚。这些也都是我们迫不得已听来的。说实在的，因为我和母亲压根儿就不想知道这些，所以，我们从未刻意去打听过。

虽然我没有仔细看过那个女人的遗体，但是见过她生前的照片，照片上那个女人有一张类似漂亮的狐狸或者白蛇一样的脸庞，白得有些瘆人。这一点也让我深受打击，不敢相信父亲竟然是让这么一个妖冶的女人给骗了。当然，母亲所承受的打击应该更大吧。

即使是在这样的情况下，日子也得照样过下去。看着映在大街橱窗玻璃上一如往日的自己，我觉得特别不可思议。如果仅仅是走在大街上，我和其他路人一样，几乎看不出什么异样，仿佛一切如常，然而内心里却早已破碎不堪。

父亲死后大概过了一年左右的时候，看着母亲好像多多少少恢复一些了，于是，我想我也得开始自己的新生活了。

我从短期大学一毕业就到了一家专业技校学习烹调，毕业后，一边在朋友的店里帮忙，一边慢慢地找着工作。因为家里出了那个变故，于是所有的事只好都放下了。曾经想和一个同学合伙开个店什么的，这种时候也不能考虑了，所有的一切都变成了一张白纸。

我搬出了原来父母家住的公寓，正好朋友的母亲经营的出租房有套空着的，于是我就租下了位于二楼的这套房子。这套房子原本朋友在住，因为她结婚后搬到英国生活去了，房子就空了出来。我听说后毫不犹豫地租了下来。房子离下北泽车站走路大约7分钟。

位于同一条茶泽大街上，在我住处的正对面，走路一分钟的地方，有一个名字叫雷利昂（Lesliens）的法国料理店，我在那里找到了一份工作。因为料理店不大，所以从厨房到待客，乃至端茶续水之类，什么都得做，我一下子忙了起来。

家里那种沉重痛苦的气氛终于开始烟消云散了。这时我觉得一个人独立生活真的很不错。

喝茶的时候，早上起床的时候，终于有了一种轻松的感觉。原来环境的改变竟然有这么显著的效果！早上起来再也不会去想父亲已经不在了的事。在原来那个家里的时候，这件事情就像胶片显影那样，每天早上都会不由分说地慢慢地从这里那里显现出来，令人心情郁闷不堪。

这是一个古旧的二层建筑，我租借的那套房子，占据了整个二楼，虽然面积不是特别大，但也足够宽敞。两间和式的房间朝西，下午西晒得很厉害，还有一个只有三平方米左右的厨房，房子很简陋。夏天的午后，强烈的阳光照射进来，不管把空调的冷气开多大，房间里也不觉得凉快。

浴室里有一个贴着瓷砖的小型浴缸，很旧。但是淋浴是我搬进来前刚换的，还闪着崭新的光泽。房间里总是有一股浓重的老房子的气味，榻榻米也被晒得变了颜色。做饭的煤气灶是那种很旧的款式，虽然我带来了微波炉，但每次使用，电表都会跳闸。当然电吹风就更不能和其他电器同时使用了，每次吹头发都得先关掉所有的灯，在黑暗中进行。来玩的朋友们都说："现在竟然还有这样的地方？"

虽然房子很老。但是对于我这个想攒点儿钱的人来说，房子的宽敞、便宜以及离上班地点的距离之近，都是求之不得的。我的房东，也就是朋友的母亲家并没有住在这里，一楼作为商用房出租了出去。我的房间下面是一个小小的二手服装店和只有一个吧台的小小咖啡店，咖啡店里挂着很多小装饰。因为那里的咖啡不是很好喝，而且烤的蛋糕也经常夹生，所以我很少光顾。但是店主是个可爱的年轻女孩儿，每天总是笑眯眯的，所以白天店里经常有人，这一点让我感到安心。晚上，不管我弄出多大动静——在房间里走路脚步很重，甚至放音响、洗衣服，楼下也不会有人抗议。这也是这套房子的魅力所在。

可是，快乐的日子实在太短了。有一天，母亲突然空着手，没有带任何行李就跑到我的住处来。

那是一天下午，夏日里明晃晃的太阳好像变得不再那么火辣辣地灼人了，天突然变得高远，风也有了一丝凉意。好像是预告秋天将要到来似的，天上下着淅淅沥沥的雨。

我忙完了午餐的工作回到家想稍稍休息一下。这时，母亲打来电话，说现在已经到了下北泽车站。

母亲来我这里并不是什么稀罕事，所以，我一如往常地说："我在房间里，您要不要来喝杯茶？"不一会儿，母亲就拎着几个商店买东西的大纸袋，挎着装得满满的大爱马仕包来到了我的住处。她表情自然地说："哎，芳芳，我实在不想一个人再在那个家里住下去了。能不能让我在你这儿住一阵子？"

我在内心里说着："不行！"却克制着终于没在脸上表现出来。

想想母亲也真的不容易，所以才忍住没有说出来。因为我们依然背负着那种阴郁和沉重活在记忆中，那沉重甚至无以言表。

但是我实在不愿意相信母亲竟要和我一起在这里生活。

我每天的工作很忙，这里几乎只是回来睡觉的地方，而且房间简陋得根本无法和目黑那套崭新宽敞的三室两厅的公寓比。

可是母亲好像一点儿也不在意这些。

我想，我刚刚下了决心要从头开始努力了，而且工作也终于上了手，接下来想考虑谈谈恋爱、和朋友们见见面聊聊天什么的。虽然独立生活开始得有点儿晚，但我依然想要好好地享受享受其中的快乐。所以，我觉得母亲简直是开玩笑。于是，我说我也正想回目黑的家去住一阵子，我们一起回去吧。母亲却说："虽然我不讨厌自由之丘，可是那里的房子、那里的街道，总是会让我想起你爸爸，所以我真的住够了。"又说："还是下北泽好，我想住在下北泽。那个房子让我觉得自己快要窒息了。我们什么东西也不用往这儿搬，只让我住过来就可以。我现在终于知道，芳芳的阳光开朗对我来说是多么重要了。”

在目黑，那套离自由之丘车站很近的公寓，是奶奶在儿子夫妇有了孩子（也就是我）的时候转让给他们的。所以，即使不住也不用交房租，只交个管理费就可以了。即使像管理委员会召集的会议，如果不是轮到自己家在管理委员会任职的话，一个月回去开一次会就足够了。所以，短期内那个房子不去住，的确是没有问题。

“只是想再等半年看看，如果到那时我还是不行的话，就把那边的房子卖掉。”母亲说。

“既然是这样，我们俩不如索性去租个大一点儿的房子吧，如果妈妈有钱的话，还是租得起的，不是吗？”我说。

“可是，如果那样的话，所有的东西都得好好地重新整理归置。那样一来，动静就太大了，现在还为时太早。现在这个时候，只能是连灰尘都不擦地轻轻地静静地挪动，安安静静地连大气都不用喘。如果大张旗鼓搬家的话，会要了我的命呀。”母亲说。

这种时候，母亲说的话总是有着不可思议的说服力。这也是母亲的一个特征。

“这里太好了。当我从这扇窗户看到下面的茶泽大街时，我清楚地感觉到所有的一切好像都在慢慢地变回到一张白纸的状态。哎，芳芳，真的，你可不可以把我当成一个朋友？一个失恋后想躲在朋友家里借住一阵子的朋友？”母亲说。

我看着她身上穿的那件说不出什么图案的花里胡哨的T恤衫，心想，这肯定是在下面那家二手服装店买的吧，试穿之后没有脱，直接就穿来了，因为那件衣服上浸染了太多的下北泽气息，一看就知道不是住在目黑的富太太们穿的。

“你让我真的那么想，我也做不到啊。再说了那个事件比失恋可沉重多了，我怎么能够想得那么轻松呢。”我说。

“那就把我当成一个舍不得离开孩子的母亲也行啊。在目黑那个既没有了你父亲也没有了芳芳笑容的家里，我实在是无法一个人再生活下去了。现在，我只想先变回一张白纸的状态，至于其他，我实在是考虑不了了。”母亲说道。

我的脑子在飞快地旋转着。因为我所梦想的一切，要想在这么短的时间里修改过来实在太困难了。

为什么？不是有更好的房子吗？为什么非得两个人好像旅行时住在一个破旧的廉价旅馆里一样，一定要在这么一个破破烂烂的房子里生活呢？当初我是图了租金便宜可以攒点儿钱，才特意跟朋友的母亲租了这套房子的。还有就是这里离我工作的雷利昂特别近，甚至在房间里就能清楚地看到那个料理店。

虽然母亲说她也要掏一部分钱，这样大概租金的一多半母亲都会帮我负担，而且像打扫房间洗衣服之类的活儿，大概母亲也都帮我做了。可是这样一来，独立生活的意义就完全没有了呀！

我尽量委婉地把这个意思跟母亲表达了出来。

但是母亲怔怔地好像没有听进去，只听她态度明确地说道："你说的这些并不是毫无道理，而且你也有你的理由，也不是不能理解。"

我回应道："对呀，本来就是嘛，难道不是这样吗？"

母亲摇了摇头。

"可是，现在我就是想做些毫无道理的事。甚至想彻底忘掉自己是个大人。

"即便像结婚和日常生活这些看起来好像很有意义、可以预测和计划的事，其实无非就是那么回事儿。所以你爸爸大概就是因为这样，才想去做那些毫无道理的事吧？只是做着做着就陷了进去，最后把命都搭上了。难道不是吗？

"我也想做一些毫无道理的事，虽然我知道自己已经回不到年轻的时候了，但至少现在我对你的养育义务早已完成。所以现在就想像去朋友家借宿一样，在你这儿住一阵子，先把脑子全部清空了，回到一张白纸的状态。”母亲说道。

不可思议的是当我敞开心扉去倾听的时候，竟从内心里觉得母亲的话真的是一点儿都没错。她的那些话竟被我毫无抵触地都接受了。

我父亲在一个小有名气的乐队里担任键盘手，有朋友需要在录音棚录音时，常会叫他去伴奏。他所在的乐队也经常到外地去演出，所以总是很忙，当然与之相应的，收入也还不错。

音乐学校曾经想邀请他去做专任讲师，但他却只答应临时去讲讲课，并不想把音乐讲师的工作作为终身职业。他说他喜欢音乐，所以他选择了这样的生活方式。父亲常常被不知什么人的乐队叫去帮忙，到外地去演出。最近我们一家三口只是偶尔才能在家里凑齐，家庭近乎处于解体的状态。

每一个家庭，都会遭遇各种各样的时期。在某个时间段里，有着那个时间段的心情，当感情发生了疏离时，以为那个时期过去后，就又能回到原状了，然而却在不知不觉中，父亲早已被人抢走。无论是本来就娇生惯养的母亲，还是在这样一个母亲抚养下长大的我，对于世上的人情世故都是一窍不通，更没有学会怎样跟人耍手腕。所以几乎完全不是人家的对手。

父亲本来就不是那种乐观开朗充满活力的人，很多方面过于敏感，身体也不是很壮实，虽然他实际上没有看上去那么弱，但总是给人一种弱不禁风的印象。

不知道父亲是不是传承了奶奶的血液。奶奶的一生虽然从来没有为钱吃过苦，却绝对说不上幸福。那个我应该叫爷爷的人在年轻的时候就死了，据说他在外面养了一个女人，几乎很少回家。这些都是在奶奶去世之后，我们才知道的。

一想到我的身体里或许也流着那样悲惨的血液，后背就直冒凉气。父亲表面上给人一种沉静老实的印象，实际上他内心里一直有着一股子学生气，和女儿上街必须手牵手才行。所以我觉得他骨子里其实还是一个爱撒娇的花花公子，只不过他给人的印象总是特别温和细腻，加上他的沉默寡言，让人很难看出来罢了。经受不起打击，无论什么时候总是绵绵软软温温吞吞；不管遇到什么，他总是乐观地相信“车到山前必有路”。我觉得虽然在他性格中有这些乐观温吞的方面，但父亲孩子气的地方，也正是他性格中的长处。

“如果那样的话，妈妈，您还不如真的去好朋友家借宿一阵子呢，那样不是更好吗？我当初就是想要真正的独立才选择了这种单身生活的，我不可能一辈子都依赖着父母吧？所以，想试试这种独立自主的生活。”我说。

“可是，其他人，没有谁曾和我们共有过你父亲啊。当然，也许和你父亲一起死了的那个女人算是和我们共有过吧。但我是绝不可能跟她和平共处的，再说她不是已经死了嘛。而且朋友之间，多少需要一些顾忌才行。再说我真正能够依赖的好朋友已经结了婚，随着调动工作的丈夫一起去了旧金山。”母亲说道，“当然啦，她家有专门来客用的宽敞客房，也不是不能去借住一阵，但是我还是想尽量不给别人添麻烦。如果有一天，我无法和你再在一起生活下去的话，也许会去她那儿先住上一个月左右。但那时，我就不仅仅是换换心情了，我可能会在那边住上好几年也说不定。

“可是，如果在日本的话，我现在不管做什么都是能和今后的生活联系上的，对吧？今后究竟会怎么样我也不知道，所以，钱也得省着点儿花。这个房子的租金既不会给我们带来心理负担，而且跟你一起住，我也不用拘谨小心，什么时候想搬出去了，随时都可以搬出去。所以什么也别说了，就这样吧，想得太多也没用。现在我们家就剩下我们母女俩了，又没有足够让我们奢侈度日的积蓄，可我现在实在不愿绞尽脑汁去想这些。我是不是好笨啊？自己好像被什么东西打败了似的。明天的事明天再说吧。”

母亲什么时候也开始能够用这样的方式想问题了？我感到很意外。

与父亲在生活中的恬淡随意不同，作为互补，母亲对于生活总是特别用心打算，从不做没有计划的事。在没有确定目标的情况下，从不会轻举妄动。

母亲是个独生女，外公外婆在我很小的时候就去世了。

母亲的娘家有一大片农园和牧场，但早就卖掉了。由于地处北海道人烟稀少的偏僻乡下，估计也没卖出多好的价钱。那一笔钱作为遗产给了做家庭主妇的母亲，母亲分文未动把这笔钱存进了银行。母亲要在这里住上一段时间的想法，并不是因为在经济上多么困窘才会有这样不靠谱的行动。她这样做说不定倒让我能存下一些钱呢。

我心里清楚，其实反倒是自己还无法真正离开父母。

我需要有一个能随时回去的家，所以我才那么希望母亲能呆在那个家里。

只有那样，自己才可以在作为孩子的框架里去开始一个人的生活，才敢那么兴奋地憧憬将来。所以我独立生活的决心是有条件和限度的，我所憧憬的无非是自己方便的独立生活。

为什么偏要这样？为什么我就这么一个属于自己的小小空间，却非得和妈妈共享？这也太不讲理了吧？本来我还打算就是有了男朋友也不和他同居，可以你来我这儿我去你那儿呢。再说了我现在正在学徒阶段，还有着那么好的梦想，好不容易下了决心……为什么？

说实话，如果真想坚持自己独立生活的原则的话，也许应该发一通脾气让她回去才对。假如我是个男孩儿的话，说不定真会那么做吧。

可那个时候，母亲就像个少女一样，胳膊肘支在腿上，手托着下巴，茫然地凝视着烟雨迷蒙的茶泽大街。

再也没有比这个情景更能打动我的心的了。

我在脑子里翻来覆去想着的理由，顿时消失得无影无踪。

我从她的身影里那么清楚地感觉到母亲想和我一起住的意愿。这时，母亲的身上全然没有了成人女性那种鲜明的轮廓，而是被蒙上了一层梦幻一样的云霭，云霭里所显现出来的可能性也好、未来也好、孤独也好，都充满了那种只有年轻人才有的未知性和不安定性。

“您说好像被什么打败了？被什么呢？是爸爸吗？”我问道。

“不是的。怎么说呢？好像是被那种‘人如果不老老实实认认真真地活着，就会栽大跟头’的说教给骗了似的。难道不是吗？正是相信了这样的话，怕把自己的人生过得一团糟，所以我才那么拼命地认真去做。可是在能够想象到的范畴里，还有比我们的遭遇更悲惨的吗？

“我还一直庆幸你父亲死之前没有欠下债务。多可悲！我们的积蓄几乎被他全部掏空都给了人家，却没给我们留下一丁点儿。

“就这样，我还觉得他是个好人，是个死也不会给我们添麻烦的人。我怎么这么傻啊！

“很早以前，在你还没出生的时候，我们闹过一阵别扭，那时他说好像自己不适合拥有家庭，想离婚，如果我当时答应跟他离了就好了。后来经过一番商量后，还是决定把你生下来。之后再也没有提过离婚的事。反倒是在你生下来后，他常常说：还是结婚好啊！

“我从不觉得他的死应该归咎于我。可是现在，我就是想反抗这个向我灌输了‘长大成人后，只要认真老实地生活就不会栽跟头’的世界，以及这个世界上的一切。”母亲说。

我无力做任何辩驳，自己的情绪也无以宣泄了。

"好吧，现在就只考虑现在，所有的一切都倒过来想想看。只当现在是在旅行，妈妈只是来玩玩而已。没关系，没关系。"我自言自语地嘟囔着。

这样一想，心情一下子变得豁然开朗起来。

再说了，我本来无心伤害母亲，而且我觉得她现在也没有别的选择，于是一下子就想通了。如果说有一天两个人会相处不下去的话，那么我觉得两个人互相讨厌的时期也肯定是同时到来的，到时候再想办法吧。

这时，从我身体里溜走的气力，肯定就是那种"对将来过分规划的力气"吧。现在，母亲就在面前，说想在这里住下来，这就是我现在所要面对的事情，也许到了后天，她说不定又会说要回去呢。而我却那么急躁，急着想去贯彻自己的规划。于是，身体里就注入了过度的气力。

"好吧，就这样吧。我已经想通了。"我说。

"嗯，谢谢。"母亲的声音并没有显出多么高兴。

她肯定早就看透我了，知道我肯定不会拒绝她的。大概只是觉得"说这些话都是在浪费时间"吧？虽然被她看穿，我觉得有些懊丧，但是我只能认命，怪也只能怪自己没有拒绝的能力。

我来到窗前，坐在了母亲的身边。

我想，身边这个人活到这个年龄，突然说要把自己的人生变成一张白纸。这可能吗？现在她既没有未成年的孩子需要费心照顾，也不需要努力工作养家糊口，而且那沉重懊悔的阴影大概会伴随我们一生。

从某种意义上说，今后不管我们做什么，就是我们搬到这里来试着重新生活，我们也不可能再恢复到原状了。我知道我们只能背负着这些活下去。也许会有偶尔忘却、开心快乐的时刻，但在那快乐的背后，无论何时，都摆脱不掉这个阴影。我们痛彻地感到，人生就是要把这一切都背负起来走下去。数不清有多少次了，哭得嗓子几乎要沁出血来，然而痛哭之后却一点儿轻松感也没有，只能装着什么也没有发生似的把那些痛深藏起来。

我一直在想：作为一家人生活的地方，原来的房子也许户型太大太规整了，从而使得家庭里每一个人的位置都楚界分明，这样一来反倒使家人不容易坐到一起闲聊杂谈地诉说心事了？

“芳芳，你在家里的时候，是不是觉得我们家太沉闷了？”母亲问我。

“没有啊。和普通家庭比起来，或许因为我们家和音乐有关的缘故，我倒没觉得沉闷啊。”我说。

父亲回到家总是夜半时分，家里几乎总是放着音乐，父亲的朋友们来我家时，也常把音量放小进行合奏排练，折腾通宵。有时我和母亲也以要给父亲的演奏会帮忙为借口跟学校请假，一起随他们去国外看看。泰国、上海、波士顿、纽约，还有巴黎，韩国和台湾也去过。虽然大家都没有什么钱，但是每次旅行都有音乐相伴，所以很开心。有时我们甚至可以和他们一起坐大篷车移动。乐队的其他成员中有几个人的孩子年龄和我相仿，于是，我和他们成了好朋友，甚至有过朦朦胧胧的情窦初开。那是个快乐得类似嬉皮士一样的孩童时代。

“那么，是不是我这个人太严厉了？”母亲又问。

"如果说起来，还真是有一点儿。可是一个家庭里如果没有一个严厉的人，这个家就管不好，不是吗？所以，肯定得这样。"

我咽了一下唾沫，虽然不想说，但这是我从小就有的感觉，今天终于说出来了。

"不过如果没有我们的话，爸爸肯定也会发生点儿什么，说不定会死得更早呢。"

母亲用一种吃惊的眼神看着我，虽然什么也没说，但那眼神里分明写着："原来你也是这样想的呀？"

"谢谢。"母亲用这两个字，代替了"原来如此"。

茶泽大街上一般很少有车辆开进来。即使有，那些车子也都得像步行一样，以极慢的速度和行人交错而行。从这里可以看到大街对面我工作的法国料理店雷利昂。只见从二楼"三毛猫舍"茶馆的玻璃窗里透出淡淡的灯光，在迷蒙的雨雾中，所有的一切随着黄昏的降临，都变得模糊暗淡下来。

今后，母亲大概每天都会到我工作的料理店来吃午饭了吧？这样的生活过去我连想都没想过。我暗自决定什么也不做改变，就这样吧，既不用特意去给母亲买毛巾，也不用买牙刷杯子，就让她体验一下这种借宿生活的感觉吧。

就像她平时偶尔来这里住一宿一样，我给她拿出来客用的被褥铺好。今晚，对于母亲来说，这个又薄又硬的褥子，比家里那个高级的席梦思要舒服多了。还好，被子是我咬咬牙买的较贵的羽绒被。

今晚，当我累得精疲力竭地回到家里时，会因为母亲在这儿而多少感到厌烦吧？这是肯定的啦，那就让我也在自己厌烦的时候自由自在地厌烦吧。

“对了，我在家里时，总会看到你爸爸的幽灵。”母亲突然淡淡地说道，给人的感觉特别空灵迷茫。

“不可能！”我说。

“真的！天快亮的时候，我睁开眼睛，有时看到他像平常那样睡在床的另一边，有时看到他坐在沙发上。”母亲淡淡地继续说着。

“妈妈。是不是您过于悲伤了，所以才出现了幻觉？”我说，“妈妈不是从来都不相信这些东西的嘛。记得当年我在电视上看学校怪谈这样的节目，吓得不行时，您总是说我像个傻瓜一样，不是从来都不理会我的吗？”

“可并不能因为那是我说的，就证明肯定没有啊。本来我也是不信的，可是……慢慢地我真的快要发疯了，没办法才来你这里的啊。没有谁会无缘无故地愿意跑到女儿租的这廉价简陋的房子来借住的。”母亲轻描淡写地说。

“哎，我们喝点儿茶好吗？芳芳，给我倒杯茶来好吗？”

“想喝什么茶？”我问。

“红茶。不知怎么，坐在这扇窗户边上喝茶，感觉就像坐在咖啡店里一样。我们买一张咖啡桌好吗？这附近不是有一家把旧家具翻新后再出售的家具店么，就在那边不远。昨天我去井之头大街散步的时候发现的，一下子就被吸引住了，站在那里看了好久。有个年轻人，穿着半袖衫露出胳膊上结实的肌肉，手里拿着砂纸在那儿认真地给家具研磨、上漆的样子真好，简直是太萌了！”

“哦，您说的是那个店啊。是不错，而且价格也便宜。这个房间倒是适合摆那种有点儿古董风格的家具。如果妈妈出钱买的话当然可以啊。到时候，还可以在那张桌子上吃饭，您也可以在这儿偷窥我工作时的身姿……好像还不是说这些的时候哦。我先去沏茶了。”

“萌”这个词，母亲是从哪里学来的？我一边想着一边装着若无其事的样子回应着。就像初到欧美国家的外国人想努力适应当地的英语一样，显然，现在母亲也在努力适应着下北泽——这个属于年轻人的地方。

“妈妈。您从家里拿来的那包没开封的大吉岭红茶，放哪儿了？”

“哦，在冰箱里。”

“OK。”

我一边开着冰箱门，一边想：这样的相处，和原来在家里时有什么区别呀，这不是等于一点儿也没有离家独立嘛。

不过算了，现在只想现在，既来之则安之，而且今天过去不会重来。

说不定，这也是最后一次和母亲在一起生活的机会了。当然也可能不是。而且一想到有一天母亲万一也……心就揪到了一起。其实在母亲的内心里，还有着更多的苦闷和煎熬吧。如果有一天她也像父亲一样突然消失，那我又会像失去父亲一样，一瞬间便再也无法和母亲生活在一起了。

如果真像她说的那样，因为天天看到房间里的幽灵而患上精神病死掉，或者退一百步说，就算真的有父亲的幽灵，与其让她和一个幽灵在一起，倒不如让她和我这个大活人一起过更好。

坐在窗边，倚着靠枕双手抱膝的母亲，看上去是那么无助。

对于我来说，这里也是一个新的地方，如果能在这里和母亲一起度过一段快乐的时光，也等于人生有了一个新的开始呢。

我把沏好的茶放在一个托盘上，端到母亲面前，然后在母亲的旁边坐下来，催促母亲："接着说吧。"

"什么？"母亲一脸不解地问。

"关于爸爸的幽灵啊。说说吧，我心里实在是惦记。"我说。

"刚才说的就是全部啊。你爸爸偶尔会像往常一样，出现在家里，于是，我会变得云里雾里的，不知到底怎么办才好。又不能和他说话，也从没有刻意地跟他对视过，只好看着他在那里转来转去。因为那感觉和过去一样——两个人互相间就像空气的存在一样，实在是太平常了，所以到底是怎么回事自己也糊涂了。"母亲说。

她说这些话时的语调平淡得一如平常，于是我也只能像平时一样随声应和着："哦，是吗？是这样啊。"而不再大惊小怪。

“可是既然是那样的话，妈妈如果不在那里了，爸爸一个人在家里会不会觉得孤寂而更不知去哪儿好了？把他一个人留在家里不行吧？会不会转不了世成不了佛啊？没有人陪他，是不是太可怜了？”我说。

母亲垂下眼帘，好像拼命忍也没忍住似的“噗”地笑了出来，说：“你是担心如果没人陪他的话，他是会自杀呢？还是会被人杀了？”

我恍然大悟：就是啊，早就没有什么可以为他担心的了。

母亲接着说：“芳芳啊，你爸爸都跟别的女人殉情自杀了，为什么你还担心他会不会孤寂之类的呢？我觉得，这世上大概没有比那种死法更不能转世成佛的了。反正怎么着他也不能转世成佛了，随他便吧。”

“确实是。”我说，“那是不是我们该去神社拜一拜，争取让他早日转世成佛？”

“将来说不定会考虑，可是现在不想。”母亲说，“现在，不知怎么，心里对他还是有些怨恨。那些佛事我不太懂，可是我觉得如果在内心里无法真正原谅他的话，就是做那些祈祷大概也没有用吧。”

因为我和父亲是父女关系，所以像母亲那种所谓怨恨的感觉，我好像从来没有过。只是有些怜悯地想：他就是那样沿着黎明前那条宁静孤寂的道路，一直向前，走向死亡的吧。

那时我已经很少待在家里，而母亲也不再那么爱着父亲了。所以那个家即使再温馨，对于父亲来说，大概也早就失去了足以让他回归的吸引力了吧。对于家庭来说，年幼的孩子就像黏合剂，而我已经长大成人，所以当父亲被那种特别性感妖冶的女人引诱过去的时候，我们却没有足够的力量把他吸引回来。

可是，我一想到再也见不到父亲了，心中就觉得特别悲伤。虽然在他去世前的那段时间，我们见面的时间并不多，但每次见面，我们父女的关系依然亲密，我依然能够感受到父亲是深深爱着我的。

但是，在夫妻关系中，对于身为妻子的母亲来说，大概就不是那么单纯的事了。一家人，立场却不同。在这一点上大概无论怎样都很难融合在一起了。本来在我和母亲之间，父亲就是两个完全不同的立体影像而已。父亲死后（或者像母亲说的那样变成了幽灵以后），这一点就越发明确起来。

三个人一起上街的事情，好像只是在我小时候才有过。我长大后，虽然分别和父亲或者母亲一起去逛过街，但是全家一起在外面聚齐的时候，顶多是在父亲的演奏会结束后的那一会儿。后来发现了几回父亲在外面有别的女人后，虽然好像还没有到上床的地步，但是母亲气得再也不去关注父亲的音乐活动以及社会关系了。去看演奏会也不再参加他们的总结会，常常不等演完就带我早早离开演出现场，然后我们俩一起在外边吃了晚饭回家。

如果父亲能喝酒的话，他还会这么早就死去吗？也许能够用酒来平衡自己呢？我总是这样苦思冥想却找不到答案。父亲是个怕寂寞的人，虽然他几乎一点儿酒都不能喝，却特别喜欢酒席，总结会结束后，他经常陪着大家喝到黎明才回家。在大家看来，父亲不过是众多的音乐人中随时可以找到替补的身材纤弱的键盘手而已，但是对于我来说，他却是唯一的、无可替代的。

父亲所在的乐队，是个由五个人组成的普通乐队。因为他们想尝试演奏各种各样的音乐，所以常常邀请不同风格的嘉宾来参加演出。有卡林巴（Kalmia，一种非洲传统的乐器）、木琴（Marimba）以及演奏各种爵士乐中常见乐器和昆纳（Quean，一种秘鲁竖笛）。有时也会请人来伴舞。这样一来，参加演出的人数多了，演出费就相应地少很多。不过他倒是可以通过做各种其他的工作补回来，所以他从不觉得苦，可见他是真心热爱他的音乐。有人说因为他的演奏过于认真所以有时显得有些无趣，但这正说明父亲对于音乐从来都不会敷衍亵渎，也正是我喜欢他的地方。

演出结束后，父亲常常深夜才回到家，母亲总是会身不由已地等着父亲的归来。听着他俩说话的声音，即使后来我早已长大成人，却依然像孩提时那样感到安心。

每次父亲一进家门，母亲就会马上从卧室走出来，来到客厅。今天演奏会结束后她带着我去吃了什么呀？演奏会效果怎么样呀？都有谁来了呀？等等等等，絮絮叨叨地问着。父亲总是耐心地一一回答，最后，露出一副“终于可以松口气了”的表情。

当漫长的一天结束，“和妈妈这样漫无边际地闲聊”对于父亲来说是一天中最最重要的事了。这是他亲口告诉我的，绝对不会错。他还常说，这也是他结婚后觉得最快乐的一件事。他说，这个世界上，其实没有谁能够陪你这么漫无边际地闲聊的。

父亲在被害之前，没能跟母亲聊起这事，他的心里是不是会有缺憾呢？是不是还有什么话想要说，才会那样在家里徘徊不定呢？我想应该是有的，因为他肯定不知道自己会在那天死啊。这个世界上能够事先知道自己什么时候死的人大概为数极少吧？而且谁也不会想到竟然死在自己身边人的手里。他害怕了吗？他的内心里肯定从来没有想过自己也会有危险吧。

尽管我不相信幽灵的存在，但心里却很难释然。

我依然很孩子气地喜欢钻牛角尖，凡事总想弄个究竟。但是我知道人不可能永远都一成不变，不会仅仅只为着一个冠冕堂皇的理由活着。只不过如果没有一个目标的话，人就会活得涣散空虚罢了。所以即使心情再不好，我也只能装着一副一切都想通了的样子，以此来勉强支撑自己。

对于父亲而言，不管他和音乐的关系，还是和我在一起的快乐时光，以及和母亲那种没有了激情却相对安定的夫妻关系，甚至母亲那种淡漠得如弥漫的薄雾一样的期待，使父亲感受到就像被丝绵缠住一样的压迫感。这些和他的死或许多少都会有些关系吧？母亲是个很要强的人，仅仅是和她生活在一起，大概也会有一种压力吧。

可悲的是，父亲那些真实的感受只有父亲自己明白，而我大概这辈子都无法知道了。而且，也许父亲自己也不想再面对这些了吧？

我在雷利昂的工作，每天忙得四脚朝天。

每天早上由我拿着钥匙打开店门，首先要做的第一件事就是把面发上，那是用来做面包的。然后，用力把椅子全部放到桌子上面，开始做清扫，同时，把水烧上。把需要用开水焯一下的蔬菜焯好，把用来做沙拉的蔬菜准备停当，然后检查有没有欠缺的材料，如果有，马上打电话采购进货。接下来就是烤面包，每天大概要烤四十个左右。

差不多这个时候，厨师长美千代就该上班了。于是我就回到我助手的位置上。如果这时有客人来，我就开始招待客人。接下来的两个半小时就像刮旋风一样忙得团团转。

三点过后，店里提供的午餐特别好吃。这时，我会借机向她们请教做法。然后就到了休息时间，没有什么事情可做的时候，我会到街上去走走，或者回到住处，小睡一会儿。

到了晚上，来的客人大都是坐着慢慢喝酒的，所以转眼就到了闭店的时间。

每逢周六和周日，总是店里最忙的时候。因此，这两天，店里又雇了一个对酒类特别精通的男店员，姓森山。其实，即使是在只有我一个人待客的平日，几乎也没有闲下来的时候。店里经常客满，而且大部分客人都喜欢坐下来慢慢地喝酒吃饭，座位的周转率并不高，就是在午餐时间也有很多人点啤酒和葡萄酒喝，所以除了主食以外，每天还得准备一些下酒的小菜之类。

准备下酒菜和前菜是我的工作，而像洗菜切菜之类的活儿，我只能见缝插针地做。另外店里的清扫、擦洗杯子之类，也都是我的工作。

我之所以既没有选择以正宗法国料理闻名的银座、青山或者麻布，也没有选择徒有虚名的自由之丘和广尾，而是选择了位于下北泽的雷利昂来学徒，是有我的理由的，因为在这个店里有着我特殊的记忆。

父亲死后，母亲毋庸置疑地受到了巨大打击。她既不能吃也不能喝，整天躺在床上，偶尔起来，也是呆呆地嘴里不停地小声嘀咕着："不可能，这不会是真的吧？"

因为不相信这一切都是真的，所以家里没有给父亲设置佛坛灵位。只是在父亲那间放有立式钢琴和让他自豪的音响以及真空管放大器的房间里摆着他的照片，照片前摆放的鲜花从未中断过，由此也可看出，母亲并不是不知道这一现实，只是她不愿意相信罢了。

她一直说："总觉得有一天他会突然回来。"

而对于我来说，那遗体和遗骨，以及准备葬礼、安放骨灰的忙碌，还有看到和爸爸一起死去的那个女人的照片等等，这些东西一下子就让我有了全新的真实感。所以并没有像母亲那样觉得难以置信。

虽然如此，我依然是不管醒着也好躺下也罢，总是在反反复复地想：为什么会变成这样了呢？为什么不告诉我们呢？我有没有对父亲太冷淡过？父亲是不是曾想对我说什么，而我却没有留意，自顾自地回自己房间睡觉去了呢？我的脑子里就这样一遍又一遍、一遍又一遍地想着、回忆着、后悔着。然后再从头开始想，偶尔有被打断的时候，但很快就又想了起来，就这样没完没了地仿佛进入了一个漩涡中，无法自拔。

最后那天早上，我对站在门口准备出门的父亲说："爸爸，演奏会结束后，下周找个时间请我去青山吃一顿特贵的法国大餐呗。"

父亲一边穿着鞋，一边问："那，多贵才算贵呢?"

"嗯……一万五千日元左右吧，葡萄酒另算哦。我一直想在那种店里喝一回特别特别贵的葡萄酒。"我说。

"那可真是够贵的啊!"父亲笑着说。那个熟悉的破旧旅行包，像条忠实的狗一样紧贴着放在父亲的身边。

父亲说，那天晚上在银座一个朋友经营的店里有个演奏会，要他去帮忙，据说他也的确参加了那个演奏会。

在总结会上，他露了一下面，然后就坐着那个女人的车离开东京，去了茨城的温泉旅馆。因为他们定的房型只是住宿，不包括早晚餐，所以，到旅馆办了入住手续后，他们跟旅馆主人说出去吃饭，就开车出去了。他们是在附近的居酒屋吃完晚饭后死的。

发现父亲忘了带手机，我还跟母亲开着玩笑说："爸爸忘带手机了，说不定是怕我们给他打电话，故意忘带的呢。真可恨！等他回来，不让他进家门！"就这样轻松地接受了父亲第一次擅自在外过夜。

我把旅行包递给要出门的父亲，父亲将包挎在了肩上。

"我想去品尝美食，也是为了学习怎么做呀。"我说。

"说的也是啊。那好吧，回来以后，再敲定日子。"父亲一副割肉吐血很不情愿的样子。

那句"回来后"的话，并不是在骗我。父亲压根儿就没有想死。

"我也好想去听你们的演奏会啊！可惜今天晚上说好要去朋友的咖啡店帮忙，他们店突然有人请假，让我去救急。"我说。

"晚点儿来也没关系，来吧。在银座，只不过我是客串演出，上场很少。"父亲说。

"可是肯定会忙到很晚，赶不上的。我俩的约会就等着去青山的法国料理店吧。"我笑着说。

“知道了。那，我走了。”

父亲说完就出了门，只有那件熟悉的蓝色半袖衬衫还残留在我眼睛的余光里，这是父亲活着走出这扇门时的最后一瞬。

我一次一次地在脑海里回放着这个镜头，想重新再来一次：“嗯，我一定去，爸爸。”不，那样还不够。应该就那样跟着他一起去，什么也不带，立刻！我一次次地后悔着如果当时那样做了就好了。或者索性抱住他的腿，哭着不让他去；或者把他锁在家里；或者在他面前突然晕倒，让他走不了。

明明知道这些都是不可能的，我却发现自己总是不由自主地在脑子里一次次试图把这个镜头重新来过。

在一次次反复的过程中，那虚幻的映像竟变得越来越清晰，而父亲真实的样子却越来越模糊了。

父亲死后，有好长一段时间，我和母亲一直都没有一点儿食欲。

有一个星期天的下午，心里苦闷的我和母亲各自呆在自己的房间里。虽然肚子很饿，却什么都不想吃。

我虽然想做些什么来吃，可是，连做碗粥或汤都觉得是一种负担。于是想做些蔬菜沙拉。可是买回来蔬菜后，那刺眼的绿色却让我一下子食欲全无。

“妈妈。您能吃点儿什么吗？不管什么您总得稍微吃点儿或者喝点儿才行啊。否则，身体会垮的。”我抚摸着躺在床上默默抽泣着的母亲温热的后背说。

“如果有刨冰的话。”母亲突然说。

那个夏天特别热。只是在外边呆一会儿，人仿佛就会被柏油路上的热气蒸熟似的。即使到了晚上，依然闷热得令人喘不上气来。

这么热，父亲的遗体有没有被冷冻上呢？不知怎么，我突然平静地这样想到。

也许是窗外天空的黛蓝色，让我一下子有了这种感觉：父亲，真的不在了！

我硬把母亲拉了起来，居家穿的衣服也没换，拦了一辆出租车，朝着下北泽驶去。我的脑子里首先描绘出的就是雷利昂，我曾经和朋友去过几回那个店，在我知道的范围里，那里的刨冰是最好吃的。

在推开店门的那一瞬，店里空调的冷气和外面的热风一下子混合到了一起。一种说不出的奇妙感觉顿时把身体环绕了起来。我们俩选择了最里面那张靠窗户的双人桌，一起坐下来，然后不约而同地深深叹了一口气。

从窗外照射进来的夏日阳光晒得右手臂有些火辣辣的。母亲默默地注视着窗外。我们俩的样子不管走到哪儿，都像是被人抛弃了似的——寒碜、凄惨。

现在，我能够准确地称呼她“美千代”了，那时我还不知道她叫什么名字。记得当时这个面容漂亮身材笔直的大厨微笑着走过来跟我们说：“还有时间，没关系，你们慢慢点。”于是，我们要了芒果、白桃和黑醋栗调制的刨冰。

冰刨得很细腻，水果特别好吃。那甘甜的味道简直就像天国才会有的食品一样沁人心脾。几天来因为反复地自问自答和后悔痛苦而变得发胀的脑子一下子冷静了下来，好像终于可以得到了休息一样觉得特别舒服。

从开着的店门处，不时吹进来的热风，也令人感到身心舒适。

“好像是觉得有些饿了。”母亲轻轻呢喃道。

店里的装修利用了这个古老建筑原有的格局，所以有点儿像位于巴黎偏僻小街道上雷利昂的风格，大概就是这种类似旅行的氛围使我们的感觉终于松弛下来了吧。这些天来，我们俩除了咖啡、饼干和即食鲜汤外，几乎没吃过任何真正意义上的食物。这时真的想吃点儿什么了。于是我们要了一大盘加了全麦的蔬菜沙拉，两个人分成两份吃起来，沙拉上面撒着一些脆脆的干面包丁和生火腿片，还有很多全麦粒，下面放了玉米笋、小西红柿、秋葵以及黄瓜片，和水嫩嫩的生菜拌在一起，盛了满满一大盘。

“啊，看上去就觉得好吃。好像很久都没有这种对味道的感觉了。看来心虽然已经死了，可身体还活着啊。”母亲怔怔地小声嘀咕着。

我们吃完了刨冰，又狼吞虎咽地吃了蔬菜沙拉，喝了咖啡，情绪终于沉稳下来，我记不得这种轻松沉稳的心情已经有多长时间不曾有过了。

甚至都忘了曾经有过这样的时候。

终于醒悟出来：当你觉得苦闷的时候，走出去就是了，说不定你遇到的什么人、什么事，就能让你的心情一下子轻松下来。

虽然我们没有在店里哭出来。但是我们能感觉到身体中的细胞突然吸收到了营养后那欢喜的样子，就像在全速飞驰的汽车里，车窗大开，让泪水飞扬那样痛快；又如同在旅途中累得精疲力竭终于到达了目的地，可以坐下来休息一样安逸。

虽然美千代不知道我们的境遇，也没有特意给予我们什么安慰。但是她的关心和体贴却通过她的菜肴传递给了我们，这种关心和体贴甚至荡漾在整个料理店的氛围中，让我们切切实实地感觉到了。

后来，每当我和母亲感到心情不好的时候，就会提议去这家店吃一回。两个人分一份蔬菜沙拉，吃着让人清爽畅快的刨冰，终于把那个最糟糕的夏天熬了过去。虽然两个人都瘦了一圈，身体直打晃。可是我们像一对幸福的母女俩似的，一起在那里拿着菜单点菜时的样子，至今仍让我回味无穷。

夏日的傍晚，天空呈现一种粉红色，我们注视着店里的地板或窗户，久久不愿把目光移开。而今这些情景都成为一种美好珍贵的回忆活生生地印刻在了我的心里。

夏季过后，刨冰的贩卖季节就结束了。但是到了秋天，甚至到了冬天，我们一如既往地喜欢去雷利昂。

料理店所在的大楼叫露先馆，在露先馆大楼的拐角处有一棵高大的樱花树，当樱花盛开的时候。我和母亲已经能像往日一样正常地吃喝了。但是每当没有食欲，或者呆在家里感到郁闷烦心的时候，两个人就会像对暗号一样，不约而同地冲口而出："去那家店吃麦粒蔬菜沙拉吧？走吧！"两个人互相打着气，坐上出租车或大巴，直奔料理店而去。

所以，当我开始一个人独立生活的同时，也毫不犹豫地选择了在雷利昂工作。而且我想把在这里的工作作为自己今后生活的中心，自然也就只能在店附近租房子了。

我知道在这里工作，工资会很低，而且下北泽这个地方有些像观光景点，来来往往的客人多，所以这里的店肯定也很忙。

可是还有比这里更能让我忘掉忧伤的地方吗？是的，我觉得对于我来说，最重要的事就是能够让我忘掉忧伤。

不知会有什么样的客人进来的那种紧张感；身体和头

脑要同时运转的那种紧张感。料理店是一个有生命力的东西，可以随情形的变化而变化，就像阿米巴变形虫一样——这种变化中的紧张感。所有这一切都是那么适合我，我能够清楚地看到在这里学徒对于我的将来意味着什么。

这样一来，过去那些诸如今天浑身没劲，花瓶里的水就不换了；做奶油点心的起酥做坏了，重新做嫌麻烦，就这样吧——这些惰性的想法再也没有了。

我开始懂得，在自己的身上如果有什么小的失败不去修正的话，那么自己很快就会遭到报应。民以食为天，因为吃和人们的本能有着密切的联系，所以很多东西从吃上就能鲜明地反映出来。即使是在内心里藏得很深的东西，也终究会以某种形式表现出来。所以人必须认真、踏实，不带任何个性、私心和杂念，去小心谨慎地工作。

我有时会想：如果父亲是一个特别贪吃的人就好了，也许人生就多了一件乐趣。这样说不定我就能够把他挽留在这个世界上了。

对吃没什么兴趣的父亲，对于我做的料理，却总是一粒不剩地吃得干干净净。有时吃得干净得甚至让母亲嫉妒。他说："什么时候能去你开的料理店，一个人点一份全套大餐，再豁出去喝些葡萄酒，我就满足了，为了那一天我也得好好活着。"

几年前的我，比现在做菜的手艺可是差多了，这让我每每想起都懊悔不已。

父亲心中，我做菜的水平也只能永远停留在那个时候了。

不过，这倒是让我有了一种美好的愿望：就是为像父亲那样对吃没什么兴趣的人，做出让他们喜欢的料理来。哪怕仅仅是来到这个店，也让他们感到一种活力，觉得品尝美食原来是这么开心的事。

几年前，有一次父亲一边吃着我做的小小蛋裹饭一边说："过去我对吃从来不感兴趣，觉得只要填饱肚子就行。可是，女儿长大了，品尝着女儿做的这些好吃的，我的想法变了，我突然发现吃也是一件蛮不错的事哈。"

我在下北泽的生活，总是以料理店的工作为中心忙碌着。

早上起床，原本我还担心母亲就那样睡下去的话会得忧郁症呢。没想到，我一起来母亲紧跟着就起来了，并给我煮好了咖啡，而且这咖啡不是为了尽义务才给我煮的。

我发现母亲不是尽义务煮的咖啡，味道那么浓那么香，这让我倍感吃惊。

因为这让我知道了，过去母亲为了照顾我所做的一切，其实都是习惯和义务。而现在却不同了，现在是她想和我一起喝，所以才煮得这么好喝。两者的差别竟然是如此之大啊！

还好，母亲没有给我做过早饭。不过，有时她会把剩面包或者剩饭做的饭团子之类充作早饭。我有时也把店里做菜剩下的蔬菜拿回家煮成蔬菜杂煮（Ratatouille）放在冰箱里冷藏，随时可以拿出来吃。我们一边吃着早饭，一边看着早间电视节目，一边说着话。“有点儿咸啊”，“可是，如果作为下酒菜也许正好”，等等等等。几乎不像是母女俩之间的聊天内容。虽然如此，但因为有母亲在，我却感到无比安心，可以彻底放心外出。而且出乎意外，我也从没有过原来想象的那种情绪失控、大发脾气的场面。我想之所以能够相处得这么好，大概也是因为我几乎很少在家，所以我们两个都清楚自己活动范围的缘故吧。

家里的清扫母亲也做得很勤快，但是已经不再像过去那样精益求精了。因为父亲是一个爱整洁的人，所以母亲只要有时间就会收拾整理房间，因此，目黑的家里总是整洁干净得像新房子一样。

母亲也不再像以前那样关注我手机里的短信，动不动就偷偷瞄上一眼了。只是不停地摆弄着自己的手机，而不再侦视我的生活。周末或休息日，如果我和久未见面的朋友一起出去吃饭喝酒回来晚了。母亲也不再像过去那样盘问个没完没了了。感觉她对这些好像已经不是那么在意了似的。

在我还是学生的时候，我家的门限时间是非常严格的。那个时候之所以对我那么在意，估计是由她在家庭中所扮演的角色决定的吧，母亲这个角色的属性决定了她必须那样。

早上，看着要迟到的我手忙脚乱地穿着衣服，母亲依然会说：“早去早回。”可是那已经不是作为母亲所说的“早去早回”了。

如果问我什么地方不一样，我也说不清楚。

她好像放弃了什么，只为今后自己的时间去考虑了。

稍显丰腴了些的母亲，肚子上的赘肉溢出斜纹便装裤的裤腰，上面却翻来覆去地总是换穿着那几件T恤衫或套头棉毛衫，这样的搭配，母亲过去从来没有过。在房间里，母亲常穿一套厚厚的男式绒衣绒裤，那是她从位于商店街上一家面向年轻人的廉价特选店里买来的，洗完晒干后直接就穿在了身上。她有时懒懒地呆在家里，有时也会自己出去走走，至于母亲白天都在做些什么，我却一点儿也不知道。

这样的日子一天天地流逝着。

除了买回来的那几件年轻人穿的衣服和在附近店里买的带有史努比图案的FIRE KING牌的塑胶瓷杯以外，好像很少外出买东西似的。

对于母亲来说，因为白天一个人空闲的时候最难熬，所以我还担心她没事就会跑到我们店里来耗时间呢。然而出乎我的意料，我一次也没见她来过。我从来没有见到过母亲像现在这样，仿佛脱胎换骨一般。

就拿那个带有史努比图案的塑胶瓷杯来说，母亲只给自己买了一个。这放在过去是绝对不会有的事情，在原来家里时，她即使不买三个（一人一个），也至少会买两个。

我偶尔会想：母亲年轻的时候是不是就是这样的啊？在母亲还是学生的时候，是不是也一边谈恋爱，一边打工。借宿在朋友家时，是不是也像现在这样谨慎小心地和朋友相处。也会坐在窗边抬头望着天空发呆呢？

从山田商店买回来的小桌子旁边摆着原来房间里就有的矮圆椅，但是她好像很少坐在上面，而总是把胳膊支在椅背上，手托着腮想着心事，看上去就像只小狗坐在窗边一样。

“妈妈，您每天都是怎么过的呀？”我问。

“保——密！”母亲抿嘴一笑说。

“哎呀！这太不公平了。可我每天在哪里，妈妈都知道得一清二楚对吧？”我说。

“你不就在那里嘛。”母亲指着窗外说。从这里可以看到我们料理店那古色古香的木门和三角形的窗子。

“对嘛。”我说，“所以呀，妈妈每天在干什么，我也想问问清楚啊。我怎么觉得咱们母女俩好像颠倒过来了呢。”

不知道是不是心理作用，最近觉得母亲有些瘦了，皮肤也变得有些苍白，与其说是变粗糙了，不如说是显得年轻了。今天母亲穿了一件画有摇滚歌手曾我部惠一[1]画像的T

1　曾我部惠一（1971—　），是一位集作词作曲于一身的歌手，香川县坂出市出生，是原复古民谣乐团Sunny Day Service的主唱和著名的Acoustic 吉他手，同时也是“ROSE RECORDS”的灵魂人物。他的作品清新优美、情感真挚，带着一丝丝青春的忧愁和无奈。

恤衫，上面写着“I LOVE 下北泽”。曾我部惠一在下北泽拥有一家服装店，实际上他本人也住在下北泽。母亲买的那件T恤很大，本来我想说:“妈妈，这个颜色的衣服穿在身上就像猪一样蠢。”但还是忍住了没说。

那件T恤衫，究竟在哪里买的啊！下身还是那条经常穿的厚绒裤。天气已经很冷了，可是母亲却光着脚。简直不敢相信，这就是那个即使是在盛夏也一丝不苟地穿着薄丝袜的母亲！

“每天做的事情不一样嘛。”母亲说。

“嗯……每天早上起来，不是都和你一起简单地吃完早饭后再慢慢地喝一杯咖啡嘛。然后看你走出门，一直看着你进了对面料理店的门，你每天进店时说的那声‘早上好’，我在这里听得一清二楚。”

“羞死人了，简直像学生父母在观摩教学一样。”我说。

“人只要能够大声地打招呼问好，就不会做坏事。真的！所以，每次听到你打招呼问好的声音，我就觉得特别安心。就觉得：嗯，芳芳真是个好孩子，谢谢老天爷保佑。

因为母亲说得那么认真，倒让我觉到特不好意思。

“发一会儿呆后，开始收拾屋子。你这里不是没有洗碗机嘛，所以我只能用手洗，洗完后倒扣着放在那个碗筐里。而且我不擦，自然干燥。”

“我们也没有那么多盘子碗的嘛。”

“接下来，简单地做清扫。只用掸子、笤帚、垃圾撮子和抹布就足够了。简简单单地，挺好。当然也清扫厕所，因为是蹲式的便器，不太好擦洗，但是自己是借宿的身份嘛，没办法喽。”

“也是。”

“然后就是确认手机短信，告诉需要联系的人，自己现在住在女儿家。还有就是原来的那个家里如果有宅急便送来东西的话，拜托那边的管理员帮忙保管好。其实，我也时不时地会回去看看。当然，偶尔能发现一两个小虫子之类，但是你父亲的幽灵却再也没见过。也不知是不是当妈妈心情好的时候，就见不到了。反正在那边的家里时，心情总是有些灰暗阴沉，总觉得说不定什么时候就会和他一样也去了那个世界。”

“下次让我跟您一起回去吧。幽灵也好，其他也好，我想见见。再说了，爸爸肯定也想见我吧?”我说。

“嗯，下次如果有宅急便送来的生鲜食品或者公寓管理委员会召集的会议之类不得不回去时，我们就一起回去。现在这个时候，还不想在那边过夜，如果你和男朋友需要用那个房子的话，尽管过去住没关系，但是请一定告诉我一声，免得我担心。不是说‘要想抓住男人，就得先抓住男人的胃’嘛，再说这不正是你的专长嘛。家里的高级红葡萄酒想喝就开瓶喝，那个储藏葡萄酒的专用冷藏柜一直通着电呢。前一阵我从家里拿来一瓶，全喝光了，对不起，没跟你说。”

“您一个人喝光了一瓶高级葡萄酒的事，我一看空瓶子就知道了，因为咱们家是我在扔垃圾嘛。不过，我现在太忙了，根本没有闲空到外面过夜。”我说。

“过去妈妈在爵士乐高级茶馆打工的时候，每天专门冲着妈妈来的客人一拨一拨的，那时妈妈很受客人欢迎的哟。”母亲很随意地淡淡说道。

“然后，到了中午，就拿着钱包、钥匙和手机出门闲逛。先到‘Pure road’上的‘One love书店’去翻一翻书，那些书不知道是要卖的还是店主阿羽的个人藏书，有时也和店主阿羽聊聊天什么的。内容无非是自己今后想做什么呀，自己至今为止真是没出息呀，快要跟不上这个时代了之类。

“有时也说一说关于园艺的话题。比如莲花怎样养才能开花什么的，他说等到了明年年初给花换盆的时候，分给我一些，那样在我们这个窗边也可以看到盛开的莲花了。在这附近有一个盆景花店，店主特别帅，姓丹羽，他对莲花特别精通。他说他可以到家里来用他配好肥料的土帮我们种莲花。真盼着时间快点过去啊，到了夏天，我们在这个窗边看着硕大的莲花，该多让人心旷神怡啊！就是这样一些东拉西扯的闲聊。阿羽总是给我们泡好很香很浓的红茶，作为回报，有时我也帮他把店里收拾收拾。”

人与人从相识到熟悉需要时间，而对那些跟自己合得来的人进一步加以认识，更是需要时间。如果像刚才说的那样新面孔和老面孔转换得太快的话，人的脾气秉性都没法了解，真想象不出怎么能相处呢？

我怔怔地看着茶馆外的小路，远处的道路上有很多年轻人来往不断，商店街上的装饰就像泰国或尼泊尔的节日装饰一样，五彩缤纷地在风中摇来摆去。

“你什么时候跟这个阿羽叔叔混得这么熟了？”我说。

明年？母亲真的准备在这里住那么久吗？我觉得有些愕然。

“这不都是左邻右舍的嘛，而且年龄也差不多，闲逛溜达着就认识了。

“另外，有时也去日本茶馆喝喝茶什么的，和店长艾丽以及她养的小乌龟打打招呼，每天换着不同种类的茶喝，一边吃着脆米饼呀豆沙包之类的小点心，一边慢慢地品茶。有时也去咖啡店，把烤好的面包片上涂上厚厚的奶油，再撒上肉桂粉，一边吃一边喝很浓的咖啡。如果碰上泰国料理店有特价午餐套餐的时候，我也会去那里，要上一份有木瓜沙拉和糯米饭的午餐套餐。那个店，美雪做的泰国料理真的是太好吃了，因为她用的调味料都是自己当场研磨的。我从来没有想到泰国料理会这么好吃。这个美雪和你们店的美千代是这一带最棒的厨师了。

“一般来说，这些也就是我的午饭了。我还特别喜欢洛克桑（Roxan）。

“店里的匹萨套餐，另一家拉贝卢蒂（LA VERDE）店做的匹萨也很不错，我一个人能吃掉整整一张匹萨饼。偶尔也会咬咬牙吃一回飞鸟店的日式午餐。等着上菜的工夫，我开始一点点地读起了一直读不进去的《追忆似水年华》[1]。当然那本书是和其他书一起，从阿羽那里借的，一共花了2 000元。本来人家的书店是不租借图书的，对我特殊照顾，才借给了我，所以我就给他放下了2 000元。

“另外，每当听说作家藤谷治[2]先生有新作品在杂志上

---

1 《追忆似水年华》，法国作家马赛尔·普鲁斯特（1871—1922）的代表作，全书共七部，十五卷，从1905年开始创作，至作者逝世前全部完成。

2 藤谷治（1963— ），东京出生，小说家，日本大学艺术系电影专业毕业。曾做过公司职员。2002年获第34届新潮新人奖提名。2003年发表成名作。2008年获第21届三岛由纪夫奖提名。2010年获第7届书店大奖提名。现在一边写作，一边在下北泽经营“虚幻小说”（fictions）书店。

发表时，我就会跑到他本人经营的‘虚幻小说’（Ficciones）书店去买。就是汉堡包店旁边那栋大楼的二楼那家。我知道自己这样做很低俗，但还是忍不住会跑去买，当场请藤谷先生给我签名，然后捧着那本书喜不自禁地跑到三毛猫舍茶馆，一口气把小说读完，再写下感想悄悄投进‘虚幻小说’书店的邮箱里。这是多么奢侈的快乐啊！藤谷先生不仅书写得好，人长得也特别帅，声音富有穿透力，说话特别风趣，气质也特别好，关键是藤谷先生的脑子特别好，手特别大特别漂亮。简直就是他小说里那种拥有智慧和幽默感的男主人公活生生的现实版。妈妈是他的铁杆粉丝，想起来都觉得身上像过电一样，妈妈就想和他那样的人结婚呢。

“藤谷先生的书店后面有一个泰式按摩沙龙，经营者姓广田，是一个很认真的年轻人。我是看到他们发的广告后才壮着胆子决定去试试的，没想到让年轻人给自己的身体按摩一下，竟有一种变年轻了的感觉。当然这么奢侈的消费，我几乎是少而又少。只不过头疼时，偶尔去按摩一下，往往一次就能治好。芳芳你不是总喊腰疼吗？让他给你按摩一下没准管用呢，妈妈随时可以给你介绍。

“另外，有时也去大麻堂买件特别异类的T恤呀，或者化妆水之类。那个店里的人，看上去好像一副不靠谱的样子，其实都是很善良的人，他们还有一个姐妹餐馆，我偶尔也去那里吃一种大麻做的料理。吃了以后，排便特别通畅。

“这些路线不管选哪个，都是一天很快就过去了，而且几乎花不了什么钱。

“另外有时也走着去三茶的TUTAYA[1]，或者去那家特别有名的面包店，买些用天然酵母做的面包。我们俩的早饭有时候吃的就是那种面包，就是那种口感很软的葡萄干面包。在胡萝卜塔楼（Carrot Tower）后面有个很漂亮的咖啡店，有时也去那里喝杯咖啡，吃点儿小豆点心什么的。整天这样像旅行似的，就觉得这一天有一桩事做完了。

“总之，我随时都会刻意地把脚步放慢、再放慢，就像

1　日本著名大型连锁店，主要经营录像带、DVD、CD的租赁和二手书籍及漫画、杂志的贩卖等。

学生时代一样，把所有事情的节拍都放慢下来。因为，我现在所拥有的，就只有时间了呀。”

“听起来好像挺开心，挺优雅的哦……”我深有感触地说。

“你有没有这一种感觉？一天中时间的流逝，在太阳落山前好像变得特别漫长，而一旦太阳落山后却又突然变得特别快了似的。这种感觉我最近好像终于又找回来了，对每一天终于又有了感觉。

“那种时间的缓缓延伸，就像年糕团一样不断被拉长，然后突然‘嗖’地一下变快时那个临界线我已经能够感受到了。这让我觉得特别开心，每天期待着那一刻的到来，从不厌烦。

“小时候在北海道老家时，曾经有过这样的感觉，但早就忘了。

“现在正是这样一个时期——把疏远了的一切，都慢慢地心无旁骛地找回来！

“如果一个人留在那个家里的话，我又会像过去你爸爸在时一样生活了。就好像是和幽灵一起生活一样——总是把两个人的鞋子摆放整齐，清扫房间，做饭，剩了饭就放进冰箱冷冻起来。冷冻室里的东西一个月清理一次，就这样像机器一样的生活。

“当然，在那边也有自己熟悉的店铺和朋友圈子，她们知道我和一个小有名气的乐队里的键盘手结了婚，有个女儿。而在这里，谁知道我是什么人呀？不过是一个寒酸潦倒的中年妇女罢了，可是这片土地却接纳了我。

“当然我也不是一天到晚总能这样开开心心的，有时也苦思冥想却不知自己该怎么办，不管做什么都心灰意冷，有时特别焦躁，有时又觉得腿重得抬不起来，更多的时候是觉得随便怎么样都无所谓了，于是就在屋子里整整睡上一天。不过，心情还不错的时候，就会有那种对时间的感觉了，就会感觉到时间的延伸和短缩。不过，能够从嘴巴里这样说出来，就说明自己显然是已经没事了。我吧，几乎没有经历过深受打击的失恋就和自己喜欢的人结了婚，而且也不曾有过照顾婆婆的辛苦。像现在这样长时间情绪低落不能自拔的情形，只是在你外公外婆去世的时候才有过。可是那个时候我和他们早就不住在一起了，所以并没有严重到影响日常生活。而且那种情绪低落的系统，好像在自己的身体里早就淡忘了似的。”母亲说。

“我虽然不是这里的真正居民，也不想搞什么反对运动。可是，假如车站前要建一幢高楼，即便是现在每次见面都打招呼的那些在楼里工作的人们，也很快会被新面孔所代替，再也见不到了，有的可能是被调到了别的店铺，有的可能因为是临时工，索性把工作辞了，这些可能性都会有的对吧？这样一来，我觉得就再也听不到他们议论材料是从原产地用冷冻或者什么方法运来的呀；今天天气真好，出去采购了什么呀；想尝试做一种新菜却失败了……等等等等。当然这些说到底都是我的想象而已。

“人与人从相识到熟悉需要时间，而对那些跟自己合得来的人进一步加以认识，更是需要时间。如果像刚才说的那样新面孔和老面孔转换得太快的话，人的脾气秉性都没法了解，真想象不出怎么能相处呢?

“还好住在这里的人们好像老住户比较多，而且他们的年龄也和我相差不多，所以相处起来觉得特别轻松，不用装模作样，穿着家居服照样可以出门。

“当然，我知道这些不过都是自欺欺人的假象罢了，毕竟我不是用辛苦工作赚的钱在这里住的。”

“这怎么是自欺欺人呢？您这样生活着的时候，不仅变得脚踏实地了，而且也反衬出一些东西，那就是妈妈一直照顾着爸爸，又把我养大成人，不仅负责家计管理、还得操持家务，一直都在忙碌。而今您能够开始像现在这样去生活，不是挺好吗？再说了，我和妈妈现在虽说是像朋友一样一块儿住着，却总是妈妈在帮助和照顾着我啊。”我说。

“芳芳真是妈妈的乖女儿，你能听我这样发牢骚，就已经很感激了。一个人的时候，那些懊悔和牢骚无处发泄，都快把脑壳撑破了。”母亲说，“可是，如果说我真的把所有的事都做得那么好的话，你爸爸为什么还那样去死呢？”

“不是这样的！我再说一回，而且我再说无数回还是这句话。”我说，“没错，爸爸是个好人，我们也都爱他，他也努力工作赚钱养家了。可即便是这样，也不能把他的死怪罪于妈妈啊。虽然我不知道爸爸心里究竟是怎么想的，可我觉得爸爸是那样一个既不会喝酒又不会玩女人，甚至不会泡夜店、不会赌博、更不追求名利的人。大概就是因为他太老实太认真了，才会在有了外遇时，彻底陷进去无法自拔的。”

“你爸爸的朋友里边，谁也不知道，他竟然还有一个关系这么深的情人。”母亲说，“你爸爸的事，一开始我还以为是大家故意对我隐瞒的呢，可大家说的好像都是真话。他们说不管是在演奏会上还是演出结束后的总结会上都没见过那个女人。也不知道她究竟是个什么人？说不定从很早以前就在交往了。”

“说不定因为是亲戚，很早以前就认识了呢……最近旧情复燃，有人说两个人也许是一时冲动才自杀的。而我们因为不想知道爸爸的这些事情，所以把他的日记本、笔记本以及信件之类连看都没有看就收进箱子里了。”我说。

“你爸爸怎么可能连个电话都不给我们打就去死呢？唉，只能说他的运气不好，连手机也忘带了，也说不定是他故意不带的呢。我知道再怎么想也没用，却总是忍不住去想。”母亲说。

“不知怎么，总觉得越到关键时刻，越显出他的愚笨和运气不好来。可话又说回来，不管他们有多么相爱，就那样轻易地选择去死这件事让我想不通，难道我们在他心里就那么不重要吗?”

我点了点头。

母亲又继续说:“一想到这些，我就不得不选择现在这样的生活，但我并不是想自虐，只不过是为了康复而已。再说了我还有芳芳呢，如果没有你，或者你想独立生活而拒绝我与你同住，也许我会陷入更深的黑暗中无法自拔。谢谢你接纳了我。”

我当然想自己住了，可是，又担心万一妈妈也自杀了怎么办，所以才没敢说出口的啊。在母亲眼里，我肯定还是个孩子，是一个任何时候都可以无条件地接受和父母一起生活，任何时候都希望得到父母宠爱的孩子吧。如果我否定，即使她能从语言上理解，心里肯定也是无法接受的。就连我自己也是这样，表面上好像要独立，其实内心里却像深埋的矿脉一样，仍和母亲有着那么深远、永远也扯不断的牵绊。一想到这些就觉得特别不安，所以索性不再去想了，过一天是一天。

“妈妈，目黑那个家，你准备怎么办呢?”我问。

“现在还想不了那么多。”母亲说。

在目黑的时候，母亲经常去美容，有着长长睫毛的眼睛总是化着精致的妆，现在却连睫毛膏也不涂了，所以眼睛显得有些无神。可是不知怎么，倒觉得现在的她显得更像一个年轻的母亲。

“我肯定不会一直在这里住下去的。可也无法想象自己一个人回到原来那个家怎么生活。”

“如果爸爸在就好了，还可以问问他。”我说。这是眼下我最深切的感受。

如果父亲同意的话，就可以痛痛快快地把那个房子卖掉，再考虑买新的。现在他倒是一死了之了，留下的阴影，却把那套房子变得像个棺材一样令人窒息。

“是啊，如果那样的话，也许还能想得豁达开朗一些。不过，这样的苦恼也就是一阵子吧，所以现在就让我品味品味也好。”母亲说。到底是大人啊，我想。

“阔太太的那种生活方式，购物也好，美容也好，说到底，无非都是一种性欲得不到满足时的补偿和发泄罢了。”

“妈妈您这是说的什么呀！好像真的似的，可怕！”我说。

“可就是这样啊。不过，你父亲肯定也是想在这个年龄让激情再最后燃烧一把吧。虽然做着那么风光华丽的工作，可他却是认真老实地一路走来的。所以他这个人，也许当初选择做个公务员就好了。”

“话又说回来，阔太太的生活其实也很空虚，吃全套的美味料理之类，还不都是在挥霍丈夫辛苦赚的钱。不过我是从来不舍得把丈夫辛苦赚来的钱那样拿去花的，即便是自己娘家给的钱也是一样。美味的葡萄酒，有的贵得离谱，喝了又能怎样呢？偶尔奢侈一回也许觉得是件挺美的事，但是终究还是空虚得很。精神上的空虚是根本，用购物之类的消遣也只能掩饰一时罢了。而且到了这个年龄，知心好友也大都不住在附近了，渐渐地见面机会也就少了。”

“我以为您一直是从内心里在享受这种相对来说比较富裕悠闲的生活呢，而且您和爸爸的关系也一直很稳定，还以为你们的生活该进入一个新阶段了呢。”我说。

从这一点来说，那时的母亲就像活在一幅画里一样完美。

“记得那时，您的衣服都是拿到干洗店去洗，衬衫总是轻柔飘逸，裙子的长度总是恰到好处，每次出门，必拎那个爱马仕的手提包，那个包对于您来说，在某种意义上大概就像小学生们拎的书包一样吧。如果有一本专门给阔太太编的教科书的话，您看上去就是那种‘四十多岁，过着时尚富裕的生活，为了不给老公丢脸，总是特别注意仪容和服饰；平均一周至少到外面吃一顿法国料理或意大利料理；常受邀出席朋友或熟人举办的个人展的开幕式’的贵妇人吧。”我刚说到这儿，母亲就说：“哎呀，被你这么一说，好像挺不像话的呵。”

“可说不定那时还真是朝着这个目标努力过呢。”

那时的母亲，像T恤衫这样的衣服好像一件都没有，即使是到家附近的商店去买东西，也要精心地化好淡妆，从来没见她不穿袜子出过门，头发或者利落地盘起来，或者去美容院根据所穿衣服打理定型，或者烫成微微的卷发。

"我是什么时候开始变得那样讲究的呢？是住到目黑后，受了那个地方的环境影响吗？好像不是。是芳芳考进了私立中学后，受了其她妈妈们的影响吗？好像也不是。还是怪自己吧，总以为如果不从外表开始改变，就扮演不好自己的角色似的，却在不知不觉中连内面也中了毒。哎呀，说中毒可能有点言过了，也许是因为每天忙于家务，想从精神上得到放松的缘故吧。"母亲说。

"人啊，最初形成的观念永远都会在你的身上留下印记，影响你后来的人生。我身上的那个印记不知道是什么时候在哪儿弄没了，太久了，已经记不清了。对了，竹中直人[1]先生不是经常来你的店嘛。"

"那不是我的店！好像是经常来，一个很羞涩很讲礼貌的人。”我说。

她的话题转换得太快了，快得我都反应不过来了。

“前几天，我从外面看到他坐在吧台前的座椅上，所以突然想起来。我小时候，特别仰慕他的夫人木之内绿[2]。曾经希望自己长大后也能成为她那样的女性。”母亲表情认真地说。

“虽然知道我俩根本不是一种类型的人，而且从各种意义来说，甚至相差那么遥远。”

我又大吃一惊，因为以前从来没听她说过。

“真的，就觉得没有人比她更可爱更漂亮了。凡是她的唱片我全都买了，房间里贴满了她的宣传画。我真想紧紧地

---

1 竹中直人（1956— ），横滨出生，编剧、导演、演员。出演的电影作品有《Location》（1984）、《淡妆》（1985）、《天使的心肠 红色眩晕》（1988）等等。1991年执导处女作《无能的人》，荣获第48届威尼斯国际电影节国际电影评论家联盟奖、第13届南特三大陆电影节评审员特别奖及南特市奖等。随后又先后执导了《119》《东京日和》等作品，赢得各种好评。

2 木之内绿（1957— ），北海道出生，歌手、女演员，曾主演过《警犬卡尔》并演唱主题曲等。1990年与电影演员竹中直人结婚，并育有一儿一女。

抱住竹中直人先生把这些事全部告诉他，却还是没敢。当初木之内绿被那个英俊潇洒的后藤次利[1]给迷惑住了时，我甚至还在电视机前默默地说：‘虽然我能理解你的心情，可你千万别上当啊。’”母亲说。

“妈妈，您可千万别啊！”

我真怕她那样做，觉得母亲一旦想开了好像什么事都做得出来似的。

“那些曾经给过我力量的人和物，我就这样一个个都忘掉了。”

“妈妈，也许我不该这么说，不是说‘女人会为男人而改变’嘛，也许您受父亲的影响太深了吧？”我说，“住在目黑的贵夫人们也好，成熟性感的女性也好，高雅矜持的举止也好，这些都能在奶奶身上找到影子。”

1　后藤次利（1952—　），东京出生，1975年加入“Sadistic Mika乐队”。1976年与高中正义、高桥幸宏组成“Sadistics”乐队。1979年以沢田研二的“TOKIO”获得唱片大奖编曲奖。1980年代以后正式开始作曲活动。曾为近藤真彦、中森明菜、吉川晃司、中岛美雪、工藤静香等歌手作词编曲。现在以作曲家、贝斯手、策划、制作等身份活跃于众多领域。

“你的意思是说我被一个有着恋母情结的男人给害了?”

“不，说到底我觉得受他们的影响是妈妈自己的责任。妈妈原本应该是一个又可爱又单纯的女孩儿吧?

“可能爸爸身边大多是那种‘摇滚青年’式的女孩儿，而他却一直喜欢像奶奶那种类型的女性，所以也希望妈妈成为那样的女性吧，而且他好像也一直是把我朝着名门闺秀的目标来培养的，加上正好那个时期也是爸爸最能挣钱的时候，于是妈妈在不知不觉中配合得过了头。”

我急急忙忙地上网搜索木之内绿，并在You Tube上找到了她的录像，一边倍受震撼地看着木之内绿那超乎寻常的可爱模样，一边跟母亲说着我的感觉。母亲也一直盯着木之内绿，仿佛要从中找出自己年轻时的影子。

“本来也不是没有可能成为这个样子的。到底是在哪里出了问题呢？现在究竟该怎么办呢？要不我还是去找竹中先生好好问问吧？就问问他我和绿之间为什么会如此不同。”母亲说。

“不行，您绝对不可以这样做。”我说。

“我知道，你先别那么紧张好不好。”母亲终于笑了。

“不管怎么样，你不能对客人做出这种奇怪的举动。他是一个很腼腆的人，被你那样一吓，说不定再也不敢来我们店了。”我说。

“嗯。不过我觉得你们店的主厨美千代，人倒真是挺不错的。”母亲说。

“我一直以为，去自己女儿打工的地方吃饭，肯定会很令人讨厌呢。可是，她从来没让我有过一点儿那样的感觉，既不冷落，也不过分热情，有时甚至忘了你也是在这个店里工作的。当然，我每次都是尽量趁你休息，只有那个叫森山的临时店员在的时候才去。”

“我很少有休息的时候，难道每次我休息时，妈妈都去我们店里吗?”我吃惊地问道。因为这件事美千代从来没跟我提过。

“是啊，每次去都是坐在吧台前的座席那儿，小心谦卑地跟她们点两样东西——茶和奶酪蛋糕。那味道真是太好了。就是上面插着橘子脆片的那种蛋糕，是你做的吗?”母亲问。

“是啊，那都是我在早上或晚上有空的时候，一点儿一点儿烤出来的。可是，您去店里这件事，我怎么一点儿也不知道。”我说。

“因为你在的时候，不好意思去嘛。”母亲说。

“您是客人啊，什么时候来都是受欢迎的。”我说。

最近，每次和母亲的谈话发生意见相左的时候，我总是会轻易地放弃争辩。

“和你爸爸一起去巴黎的时候，我们三个好像吃过这种点心。那味道真让人怀念啊，奶酪蛋糕！那是我们这个家最幸福美满的时候，我们家能有那个时候真的是太幸运了。我们就像是乡下人进城一样，去了那个著名的双偶咖啡店（Cafe Les Deux Magots）[1]，店里的墙上还真挂着两个中国人的

---

1 又译为双叟咖啡馆或双老头咖啡馆，位于巴黎地铁4号线的st-Germain des Prés站。巴黎最古老的咖啡馆之一。20世纪许多著名的文人墨客与这个咖啡馆结下了不解之缘，萨特、毕加索、王尔德、恩斯特、西蒙娜·德·波伏娃、圣·埃克絮佩里、海明威、周恩来等都曾是咖啡馆的常客。

塑像呢。然后我们又跟着你爸爸一起去逛了那家叫HMV的服装店，从服装店里出来，又去了凯旋门。”母亲笑眯眯地说着。

“嗯，脚累得直疼，因为爬了那么多层台阶。”

“你说的是那些呈放射状的台阶吗？从高处看，那些一直延伸到远处的道路真的是太壮观了。站在那里，自己好像也变成拿破仑了似的。”

“妈妈，您真能信口开河，您说的这个不管是从历史的角度，还是从个人感觉的角度，显然都是不可能的。”我笑了。

“是吗？无所谓吧，反正是自己随便瞎想呗。另外我们还和你爸爸一起去了黎巴嫩三明治店，在那里站着吃三明治。你爸爸说里面大蒜的味道给三明治提味不少，直夸好吃极了。”母亲说。

“我们家也有过那么多幸福的时候啊。”我呢喃着说。

在我们的心里，关于那次旅行的点点滴滴的记忆，就像巴黎那灰蒙蒙的天空一样令我们回味无穷。是啊，在那遥远的异国他乡，曾经那么真实地留下过我们一家三口幸福的足迹……

“是啊，要说不好的事，大概再也找不出比那件事更糟糕的了，也再没有比那件事更严重的了。也不知道是哪里出了错，在不知不觉中发生了偏移，只不过事到如今才知道自己真的被抛弃了罢了。”母亲笑着说。

这样的谈话，最近好像是一种仪式，母亲的这些话就像是在念经。

从记忆中牵出一件事，然后沉浸在其中。

就好像是咂摸着一块好吃的糖果一样。那天的巴黎呀、每个人走路的样子呀、那天晚上聊的什么呀，以及饭店的房间之类。说完后，深深地吸一口气，回到现实，然后变得伤感哀怨。

我不由得想：这样的谈话再有多少次，我们才能继续往前走呢?

本来父亲和母亲可以成为一对不弃不离相依到老的爷爷奶奶的。我也可以一边工作一边结婚生子，然后时不时地回目黑的家看看他们。

而今在目黑那所空空荡荡的房子里，父亲是不是孤身一人在那里弹着钢琴呢？是不是一个人在吃方便面呢？是不是又像平时那样糊里糊涂地左右脚穿着不一样颜色的袜子出门了呢？一想到这里，心就会紧紧地揪到一起。真是不可思议，本来是已经死了的人了啊。

我觉得如果他真的是爱那个女人的话，他是不可能变成幽灵再回到那个房子里的。可是我知道只要我一提那个女人，本来已经好一些的母亲，表情就会立刻变得僵硬起来，所以忍住了没说。

那是怎样一种心情呢？一直和自己生活了半辈子的男人，却突然和别的女人死在了一起。

我只知道自己失去父亲的悲伤，母亲对于我的这种悲伤大概是很难理解的，而母亲的所悲所感大概也只有她自己才知道吧。

带着那份孤独感，游走在下北泽各式各样的店里和那里的人们交谈，仿佛想要绘制一张新的人生地图而一步一步蹒跚前行的母亲，我觉得她真的好伟大，虽然她的做法有些怪异，但是我终于能够理解了。看到她那既不把自己前行的速度放得太快，也绝不回头向后看的态度，我忽然觉得她是一个多好的女人啊！

在那天晚上，我梦到了父亲。

梦见父亲正在家里找什么东西。我正好回家去取东西，用钥匙打开锁推开沉重的门，发现家里亮着灯，于是我和平时一样喊道："妈妈？"

玄关处，母亲那双菲拉格慕（Ferragamo）还是古驰

（GUCCI）的鞋整齐地摆放在那里，我的那双卡洛驰（Crocs）鞋和父亲的那双大号的匡威（Converse）鞋也都在。我突然想：一个家庭的历史大概就是通过放在玄关的鞋来展示的吧，只要鞋在，就说明这个人现在还在这个家里。

我突然觉得玄关墙上的壁灯，有些奇妙的刺眼。

那是母亲不知在哪儿花了大价钱买下来的威尼斯风格的水晶吊灯，各种色彩艳丽的灯光让人觉得特别晃眼。

房间里传来窸窸窣窣的声音，我探头瞄了一眼，父亲就从里面走了出来。

“哦，是芳芳啊，我以为是你妈妈呢。”

“妈妈不在吗？”

“嗯。”

“是不是在下北泽啊？”

“下北……？”

父亲的脸色突然阴沉下来，表情有些悲哀。

“正要问爸爸呢，您这是在干什么呢？今天不是说要住在工作室吗？”

“嗯，因为实在是找不到，总是放心不下，所以就回来了。”

“什么？”

“我的手机。想给你妈妈打个电话，却怎么也找不到了。”

“是手机啊。”我说。

很想说我帮您一起找，却怎么也发不出声音来了，不禁纳闷：这到底是怎么了？

嗯？手机？……不是早就找不到了吗？这究竟是怎么回事啊？一想到这些，心里不禁涌起一阵悲伤，嗓子也随之一紧。可正因为不知道是怎么回事，所以才想先帮他一起找一找啊。

我懊恼地盯视着脚下，心里焦急地眼泪一下子涌了出来。“一起、帮您、找找”，就这么几个字，却怎么也说不出来，就像是谁堵住了我的喉咙一样。

我在心里喊着：“爸爸，别一个人找，您看看我这里！”可是父亲却一直背对着我找他的手机。

我看着父亲的后背，心神恍惚地想：如果现在抱住他，是不是一切都可以再回到从前呢。

带着这种悲伤情绪，我在黎明中醒过来。

醒来时，我并没有哭泣，只是在被子里紧紧地攥着拳头。

母亲在我旁边睡得正酣，弓起的后背上浮起的脊椎线的轮廓清晰可见。看到这些，我的心终于安定下来，又一次进入了梦乡。

我就是在那个时候认识新谷君的。

那时，我已经和母亲一起生活了相当长的一段时间，店里的工作也逐渐上了手。每天晚上闭店后，大家会喝上一杯酒放松一下，这时我已经能够轻松地一边喝着酒，一边就把店里收拾了。第二天的准备工作，也不用再看笔记，就知道自己该做些什么了。

"到关门的时间了吗？就我一个人，可以坐在吧台前这个位子上吗？"

戴着一副眼镜，腿上肌肉很发达，看上去一副音乐爱好者的样子，而且爱好的绝不是那种朋克呀滚石之类的音乐，皮肤很白，下巴方正，服装清爽整洁，可不知为什么，却给人一种深沉忧郁的感觉。就在他走进店门的那一瞬，我还以为是父亲呢。

“嗯？爸爸？”

可是再仔细一看却一点儿也不像。

如果刻意去寻找他们之间的相像之处的话，大概就是两个人都稍稍有些驼背这一点吧。

“再有十分钟，就不能点菜了，可以吗？您坐下面有桌子的座席也没关系的。”我说。

“那，我就坐有桌子的吧。”他说。

我发现他说话的声音也很像父亲，浑厚而又温柔，稍稍有些沙哑。我真希望他能再跟我多说点儿什么。

他要了一杯香槟和一份搭配有面包的法式香草炖猪肉，然后以一种令人羡慕的气势吃起来。他吃东西的样子既不机械，也不贪婪，而是特别稳健优雅。我暗叹，吃相这么好的人还真是没见过。说起来，能把食物吃得如此行云流水又不失品位的人，大概也就只有那个被称作美食王的来栖启[1]了吧。别说，他们两个在外形上还真是有些像呢。

他在店里吃饭正好用了三十分钟，一吃完马上就走了。

我闭上眼睛，回味着他那声“谢谢，很好吃”的余韵，声音真好听啊！那是多么令人怀念的声音啊！

的确，这个客人不可思议地给我留下了深刻的印象。

我想，他之所以一个人来我们这样的料理店，肯定是为了下次请女朋友吃饭，先来踩点儿的吧。

可是，第二次他来时，还是一个人。和第一次一样，又是赶在快要关店时来的。悄无声息地把饭吃完，喝了一杯红葡萄酒，就走了。

我实在无法用语言描述他吃饭的样子究竟多么好看，怎么说呢？那感觉就像看茶道表演一样，一个动作接着下一个

1　来栖启（1979—　），日本美食家，生于埼玉县，至今已经在一万多家饮食店就过餐，2004年出版第一本美食著作。

动作，没有一丝累赘和多余，不疾不徐，却有着一种气势。

关于这一点，美千代也和我有着相同的看法。

在他第四次来我们店吃饭的时候，美千代说："看着那个人吃饭，感觉真好，就觉得给他做饭，再累也值。"

我暗叹，到底是美千代呀，即使是在厨房里工作，店里的一切也能了然于胸！他一般要一杯香槟，或者是红葡萄酒，或者白葡萄酒，然后点一盘主菜再搭配些面包，几乎很少要咖啡或者饭后甜点。

在料理店工作，有一点很不可思议，就是特别容易去关注每个人吃饭的样子。

每天看着他们吃饭，慢慢地就能够看出他们肚子饿的程度甚至他们的性格。也逐渐学会该在什么时候用怎样的方式去问客人需要什么，该提供怎样的服务。一开始因为紧张，我总是把该做的都写下来，一项一项对照着确认，渐渐地，我也能够揣摩到每一个顾客的心理状态了。比如，某个客人需要水了呀，某个客人的茶水还不能撤呀，某个客人应该问问他是不是需要添加饮料呀，等等等等。

这个渐渐掌握的过程真的很有趣。

一开始，只不过总是把同样的事情机械地做好而已。突然有一天好像开了窍一样，全都掌握了。那感觉就像练英语听力时突然有一天全都听懂了一样。

我终于明白了，在这个世界上，当你在某些地方失去了多少力量，你就能在其他地方获得同等分量的力量。虽然分量是同等的，可是我却总觉得获得的力量比失去的要大得多得多。

然而，毕竟我是女的（如果说是女孩子，感觉自己还是太大了，尽管还很稚嫩），本来就没有多大的力量，所以即便说失去，也可以忽略不计。我可以像是什么也没有发生一样，从类似洗土豆呀，给庭院拔草呀这样一些体力劳动中不断获取另一种力量。

每次来，我总是想看看他吃饭的样子究竟好在哪里，于是在这种观察的过程中，不觉地竟被吸引住了，我暗暗地享受着这种感觉。

当然，我丝毫没有把这种感情流露出来。如果对着独自来店的客人说“您吃饭的样子真好啊”，人家肯定再也不好意思来了。他常常带着一本书来，在等菜的时候读上几页，当菜上来时，他总是马上合上书，轻轻说道：“我就不客气了。”然后开吃。这一点让我非常欣赏。

是不是我已经暗恋上他了呀。

有一天傍晚，我利用休息时间回到住处。母亲不在，于是，我打算去买点儿咖啡豆，顺便买一杯加奶咖啡带回来喝。我去了位于南口商店街上一家叫做“马尔代夫”的咖啡店。那是一家传统老店，门口放着一个大大的咖啡豆烘焙机，现场烘焙，店里面则摆着各种咖啡豆贩卖。每次沿着车站南口的商店街快走到咖啡店时，就能看到“马尔代夫”的店主正挥舞着结实的手臂在那里焙炒着咖啡豆，咖啡豆的香味一阵阵扑鼻而来。每当这时，我总是暗暗地激励自己：今天喝了这美味的咖啡，就又有干劲了。

这是一个秋天的傍晚，空气里充满了凉意。

我轻抚了一下店旁樱花树那苍劲的树干，然后走进店里。

我记得每到春天，当这棵樱花树开满樱花的时候，我们店那茶色的墙壁就会被映成粉红色，这一带的空气里也总是会充满一种别样的甜蜜氛围。过路的人们总是会不由自主地抬起头看着樱花，脸上自然地流露出笑意，就像是看着露天电影大银幕，被快乐的剧情吸引住的幸福观众一样。

虽然清扫落樱是件很累人的工作，但是那些花瓣太漂亮了，所以并不觉得辛苦。

当你看到过一次樱花漫开的情景后，那种感动让你即使是在树上只有叶子或者冬天连枝干也干枯了的时候，也会不由自主地抚摸一下她。而今这个动作已经成了我的一种习惯，那一瞬能让我真切地感受到自己的的确确是在这里生活着。

从这里走过去，沿着车站南口商店街再往前走，就是“马尔代夫”咖啡店，我买了母亲最喜欢的厄瓜多尔有机栽培的咖啡豆，给自己要了一杯加奶咖啡。在我等着咖啡出来的那一刻，突然看到新谷君从外面走进来。

“你好。”他看到我立刻打招呼。

我想在这里相遇倒也不是太出乎意外，于是我像在店里时一样，也笑着跟他打招呼：“你好。”

我听到他要了一包咖啡，心想：原来他喜欢这种包在纸袋里，下面有一个漏孔的滴漏式咖啡呀，而且是那种带有一点儿酸味的粉末状咖啡。

“请问……”他突然表情严肃地问我，“对不起，如果我弄错了，请你原谅。请问，你是不是井本先生的女儿呀？新芽（SPROUT）乐队的井本先生？”

“啊？”我吃惊地禁不住大叫一声，使得在巨大的烘焙机前炒着咖啡豆的店长大伯也禁不住抬起头来看着我。

“是啊，你认识我父亲？”我说。

“我为你父亲的去世表示难过。”他说。

“我姓新谷，是你父亲定期举办演奏会的Live House[1]的

1 一种主要为爵士乐、摇滚乐等小型乐队提供演出场地的小型演奏厅。与有楼层、阶梯以及观众席的大型演出厅相比，这种演奏厅虽然DJ机器设备先进齐全，但是空间较小，观众主要以站立着观看演出为主。

店长。”

“哦，是吗？你说的Live House是不是在新宿的那个？”

“是，是的。”新谷君说。

“您喜欢音乐啊。”我说。

“像井本先生他们演奏的那种比较成熟的，有着英格兰风格的摇滚乐，我不是特别熟悉。我比较喜欢日本独立乐队的音乐，我那个Live House有很多这类乐队的演出，我第一次进你们店吃饭，就是在Lady Jane[1]听完爵士乐的演奏会之后，回家正好路过你们店，就拐了进来。看到你，觉得这个女孩儿好像在哪儿见过，后来我想起来，有一次你和你母亲去看你父亲的演出，曾跟我打听过演员休息室在哪儿。”

“哦？是这样啊。谢谢你一直给我父亲他们提供演出场地，可我父亲却那样死了，乐队也解散了，给你留下了这么多不好的记忆，真是对不起。”

“就是这件事，我还有点儿……”

1　位于下北泽的著名爵士乐酒吧。

“什么？”

“本来我还有点儿犹豫要不要告诉你呢。我这个人对人的长相记性特别好，基本上见过一次就能记住。所以，那天见到你一下子就想起来曾经在哪里见过了。”新谷君说。

“真令人羡慕！我觉得你真应该开一家店呢。”想起自己刚到店里时，为了记住常来店里的客人们的姓名，我还曾不辞辛苦地一个个给他们画了肖像画。

“我有啊。实际上，那个Live House就是我父亲创立起来的，现在我是店长。”他笑着说，牙齿不太整齐，却显得有些可爱。

“哎呀，我一点儿也不知道，真是对不起，你这么年轻，就拥有了自己的店，真不简单啊！”

“只不过是子承父业而已，和菜市场卖鱼的店铺没什么两样。”

我们坐在店内一个大木桶改成的小桌子前，一边喝着咖啡一边聊天。可是，这里不断有客人来买咖啡豆或饮料，环境有些嘈杂拥挤。

这里显然不适合慢慢聊，我们俩自然而然地想换一个安静的地方，于是我们和店主大伯告别后，走出了咖啡店。

“去哪儿呢？”

“咖啡已经喝过了，要不我们去CHAKATHEKA喝印度茶怎么样？”我说。为什么和这个人说话，竟有些相识已久的感觉呢？是因为他长得像父亲吗？虽然他说话的时候很少露出随意的笑容，但是每一句话的尾音却总是清晰可辨，这一点也让我想起父亲。于是就觉得有了一种与生俱来的亲密感。

“太好了，正好我还没有去过那儿呢。”他说。

跨过车站旁边的交道口，从烤米饼店旁边的小巷子拐进去，穿过拥挤的人群，一直往前走，在快走到巷子尽头的地方，有一个很小的餐馆，是店长田中先生以家庭料理的方式开的一家具有外国民族风情的料理店。他家的料理不管吃多少都不会觉得胃胀，记得那个时候母亲还不能吃难以消化的食物，而这里的料理却很对她的胃口。在我休息的时候，一说出去吃饭，我们常常会选择这里，虽然要走一大段路，但母亲却从不嫌远。

在下午茶的时间，这里的印度茶和香蕉蛋糕非常好吃。

刚搬到这里时，我们第一次来吃，母亲觉得这里的蛋糕实在太好吃了，就拜托田中先生在大厅里为我们现场烤了一个香蕉蛋糕，以祝贺我们搬家为名，让我们吃了个够。

我们一边喝着啤酒，一边吃着蛋糕上的奶油，以此代替晚饭。

田中先生是个很内向的人，看上去好像有些可怕，其实他是个特别热心的人。记得当时母亲把搬到下北泽的原因告诉他，拜托他帮我们现烤一个蛋糕后，我们说只要半个就好了，没想到他却给我们上了一个完整的大蛋糕，说是搬家的贺礼，无论如何也不要我们的钱。

那个时候，我内心里还没有从悲伤中走出来，做梦也想不到能和母亲吃着蛋糕一起度过一个那么快乐的时光（虽然撑得肚子疼）。既不喧闹，也不消沉，好像就那么平平常常地一时兴起，大家就一起开心地乐呵了一下。这在目黑总是会有所顾忌的，可是在田中先生这里就不必想那么多。

田中先生不在，于是我们拜托店里打工的女孩儿把我们安排在外面吸烟区的座席。一想到这并不是那种男女约会，我觉得有些失落。在这里休息的几十分钟里，新谷给我讲述了很多关于父亲的沉重话题。

“如果说了什么不中听的话，请你谅解。”新谷君说。

“没关系，你尽管说。”我说，“关于父亲的一切，我都想知道。”

“那我就毫无保留地说了。报纸上不是登了那个和你父亲一起殉情的女人照片了吗？就是那张面相有些阴郁的美人照。”新谷君说。

“嗯，因为本来就不想看，所以我也没有仔细看，倒是印象很深。”我说。

“我在我们的Live House见过那个人一次。”新谷君说。

“啊？”我大吃一惊，因为我听说从来没有人在Live House见到过那个人。

“一个特别纤瘦、不怎么引人注意的人，就好像不存在一样，但是却不可思议地能给人留下印象。

“关于这件事，我一直很纠结，实在忍不住，就去问了和你父亲在一个乐队的架子鼓手山崎先生，他说他也记得好像是有过这么个人。我也曾不经意地问过其他人，但都说没有印象，结果好像只有我们俩对这个女的有印象。

“怎么说呢？那是一个看上去很阴冷的女人。后来，新芽乐队每个月都在我们Live House举办一次演奏会，那个女的却再也没有来过。这一点我可以肯定。至于井本先生在那个时候是否和那个女的说过话，我就不记得了。这件事是在井本先生和那个女人死去的一年前左右,那个人曾经来过Live House的事，你有没有听到其他人说起过?”新谷君问。

“没有，这件事估计妈妈和警察都不知道。”我说。

“当然，那个女人和你父亲在那之后也一直交往着，这是毫无疑问的，而且两个人都死了，虽然是刑事案件，却无法惩处谁。可是我总觉得知道与否，对于家里人来说，可能会对这件事产生不同的看法，所以觉得应该告诉你。”新谷君说，“虽然我知道，自己跟你说这些，有些多管闲事。”

“为什么父亲没有和自己的好友山崎先生说这件事，也没有向他介绍过这个女的呢?”我问道。

“山崎先生说，好像你父亲找他谈过这件事，但是他没想到那个给人留下深刻印象的女人和那个自杀的女人是同一个人。一直到我问他时，他才想起来。井本先生让他别告诉家里人他在外面交往着一个女的，这一点确定无疑。

“所以他说他无法从自己嘴里跟遗属说这件事，还说既然我已经知道了，所以有机会的话，由我来告诉你们也好。因为山崎先生在其他乐队也做着架子鼓手，经常来我们的Live House演奏，所以我和他很熟。山崎先生说，现在即使告诉你们这些，也无法改变已经发生了的一切，也许还是不说的好。所以现在告诉你这些完全是我自己的主意。”新谷君说。

他说话时，处处充满了父亲活着时的浓郁气息，一下子勾起了我对父亲深深的怀念。

我怔怔地看着茶馆外的小路，远处的道路上有很多年轻人来往不断，商店街上的装饰就像泰国或尼泊尔的节日装饰一样，五彩缤纷地在风中摇来摆去。

“反正父亲已经不在了，他做了什么又能怎么样呢？”我一副无所谓的态度说，“可是你能告诉我这些，虽然只有这么一点儿，我还是想谢谢你，新谷君。”

“不用。我说这些并不是想要让你怎样，只是觉得如果换做我自己的话，也肯定想知道。”新谷君一副过意不去的表情。

“父亲和那个人实际上是远亲，这是警察告诉我们的。父亲的妹妹嫁到了茨城，那个女的，好像是父亲的妹夫的侄女还是什么的。当然，我们和姑姑虽然偶尔会见见面，但也仅限于亲戚间的走动而已。听说，连姑姑也没有见过那个女的。

“父亲临死前，好像喝了很多酒，可他平时是不喝酒的，很可能是听到了什么让他特别紧张的事吧，却不知道他究竟听到了什么。也不知道是不是关于金钱方面的问题，因为警察告诉我们那个女的并没有怀孕。”我凝视着自己捧着茶杯的双手说道。

“我一直后悔那个时候自己什么都没有为你们做。因为那是一个一眼看上去就令人特别不安的女人，不是能把人怎么样，而是令人不得不留意，给人印象特别深，总觉得她是那种会给人带来麻烦的女人，身上带着一股阴气，令人不寒而栗。”新谷君说。

“说不定，就是在那天晚上，那个女人第一次跟你父亲搭上话的呢，如果我早一点儿跟你们或者山崎先生说说就好了。明明知道这是不可能的，但是，心里却总是忍不住会这样去想，所以我才不由自主地一次次去光顾你们店，可是又一直说不出口，而且事情已经发生了，再说什么也改变不了，总觉得也许是多余的。

“而且你们店里的饭也好吃，看到你又是那么快乐地工作着，所以最近倒让我觉得也许还是不告诉你好了，如果不是刚才偶尔相遇，我可能就不说了。

“看着你工作，真是一件赏心悦目的事，看上去你是那么快乐，我都看得有些着迷了，因为你干活时，好像特别舒心。人啊，只有在什么都不再顾虑时，才会潇洒地向前走。我甚至都想让你到我的店里来工作，不过我可不是专门到你们店来撬人的啊。”

新谷君笑着，我羞得脸都红了。

我心想，原来他一直在偷偷注意着我呀。可是我憋在心里的那句“我也特别喜欢看你吃饭的样子”，却实在是说不出口。和他柔弱的外表相反，他说话的方式让人觉得他是一个有着坚定意志的人。当我知道他并不是一个在优越顺利的家庭环境中长大的美食家、公子哥时，对他的好感更增加了一层。

心止不住怦怦跳着，一个是一直以来在母亲面前故作坚强的自己，同时还有一个在内心里那有些孩子气的自己。这让我感到混乱悲伤，恨不得找个地方发泄出来。

我多么想再见一次父亲，问问他到底发生了什么？到底是怎么回事？可是不可能了，我永远也无法从父亲那里得到这种确认了，那种懊悔、遗憾、难过的心情一下子又涌上心头。

不觉中，我的眼泪一滴滴掉在了香蕉蛋糕上，我慌乱地用袖子擦去。

突然，他紧紧地握住了我的手。

我觉得自己好像都能听到他心跳的声音。

“真的对不起，说了那么多废话。因为除了你工作时的样子，我不知道你身边有没有其他人，也不知道你和谁住在一起，我对你一无所知，所以实在忍不住想知道。后来自己也不知道究竟为什么一次次地跑去看你了。唯一希望你能理解的是，当初我并不是想利用井本先生的事来和你搭话的，而且我也渐渐喜欢上了在你们店吃完饭再回家时的那种感觉。虽然这有些本末颠倒，可是时间越久这些话就越说不出口，觉得自己好像动机不纯似的。”

我本来想说：我是和母亲住在一起呀。可是事情突然变成了这样，我一时还反应不过来。

“没关系。”我鼻音浓重地说道，害羞地只敢盯着自己的脚和旁边他那双大号的旅游鞋，实在没有勇气抬起头来。

“没关系的，什么都别在意，真的非常感谢你能告诉我这些。”

“太好了。”说这话的时候，他的脸是那么红，反而勾起了我想进一步了解他的好奇心。下次一定找一个不哭的时候，一个不是这么匆匆忙忙的短暂休息时间。

当我告诉美千代这件事的时候，她满脸笑意地给我榨了一杯新鲜的橘子汁说："我早就觉得那个人可能是喜欢上芳芳了。"

下了班回到家，母亲还没有回来。

我躺在榻榻米上，看着天花板的木纹沉思。

我想，我得找个机会瞒着母亲去问问山崎先生。看来要忙起来了，突然间发生的变化肯定会让我忙起来的。

想着想着，我迷迷糊糊地进入了梦乡。

我梦见有人在叫我。

梦里，我还在从前目黑公寓的那个家里，走廊上的壁灯亮着。嗯？人呢？就我一个人吗？我是住在这里吗？我清醒地想着，觉得特别奇怪，感觉自己好像是把母亲扔在了哪里。

"爸爸？"

我一边试探地叫着爸爸，一边在家里寻找。可是，父亲不在，甚至连遗像也没有了。

在寂静的房间里，只能听到我自己的脚步声，在长长的走廊下回荡着，显得声音特别大。

嗯？我记得清清楚楚，母亲当时把那幅父亲的遗像放在父亲这间乐房了，因为家里没设置佛坛，可是现在那幅遗像却不见了。“难道在我这个梦境里父亲还活着吗？”我在梦里这样想着。如果我一直在这里等着的话，应该能把父亲等回来吧？于是我来到了客厅。餐桌和厨房的吧台紧挨着，但是比吧台低一些。那里总是被母亲收拾得干净整齐并在桌上摆放着鲜花。可是在梦里，桌子上没有鲜花！我想，看来母亲的确已经不住在这里了。

桌子上有一份打开的报纸。

报纸上有关于那件事的报道，比我真正看到过的那份报纸大一些，也许因为是在梦里才会有这样的差异吧，报纸上就好像刊登整版广告一样，整整一面全是关于那件事的报道。

父亲和那个女人的照片也并排登在上面。

报道说：一直努力尝试各种形式的音乐演奏，受到成年人和年轻人广泛欢迎的“新芽乐队”键盘鼓手井本光志殉情身亡！至今为止，他都在什么地方和谁一起演奏过……

在这些报道的上面，有一张那个女人的正面照片，被放得很大。眼睛、鼻子、嘴角，面部所有的部位都很纤细小巧，是那种线条很精致的女人，烫成轻微波浪的头发斜分着披下来,是个和母亲完全不同类型的女人，一副薄命的样子。

当我看见那副面孔的时候，突然有一种说不出的恐怖感涌上来。总觉得，这个人肯定和其他男人也有过想要殉情自杀的行为，因为，从她那眼神里能够感觉到。而且，她害死了父亲后，真的得到满足了吗？我甚至觉得，应该更详细地调查这件事。脑子被恐怖的感觉搅得乱作一团。黑暗中，好像有一种力量要把我拉过去，那力量渐渐地充满了整个房间。

在她的身上，没有一丝能够和我信仰的东西相关联，可是她的力量是那么强大，我只要一碰上，马上就会败下阵来。而我信仰的那种力量，在她面前显得那么渺小、那么微不足道，根本不可能战胜她，所以父亲才被她害死了。这个世界上，像她身上的那种东西还有很多很多，它们在这个形形色色的世界上令人毛骨悚然地扩张着，像我这样一个渺小的女孩儿不管怎样都是枉然。我想，即便是它们在某个不为人知的地方和我这个渺小的女孩儿有着那么一点点儿的关联，但是在我的头脑所能想到的范围里依然不会有任何瓜葛。

电话！对，必须给谁打个电话！必须告诉母亲！梦中的我变得急躁起来。我把新闻拿到一边儿，竟看到父亲的手机就在报纸下面。我忽然想起来，父亲不是一直在找这部手机吗？于是我伸手去拿那部手机……

“穿着衣服睡在这个地方，会感冒的。”

母亲给我盖毛毯时，我一下子醒了过来。

“嗯？这是哪里？我不是在目黑的家里吗？”我的头脑仍处于混沌状态，“电话呢？爸爸的手机？好不容易找到了，在哪儿呢？是爸爸让我帮他找的。”

“你在梦游吧？已经半夜一点了啊！如果要睡的话，就脱了衣服好好睡！”母亲说。

她好像是喝了点儿酒，脸颊泛着嫣红，眼睛下面有了眼袋，不过这样倒是更符合她的年纪，而且显得很可爱。我心里突然升起一股温柔的感觉，特别想抱住她，像猫一样舔舔她。母亲将会这样一天天地变老吧？遗憾的是，父亲再也看不到了。

“您和谁去喝酒了？”我问道。

“在千鹤的店里和千鹤坐在吧台前一起慢慢喝了些，就是那家位于地下饮食商店街、天花板上雕着一个大壁虎的店。千鹤不管年龄多大，声音给人的感觉总是那么性感沉稳，而且她总是那么温柔善良、那么会照顾人，好羡慕她，真希望自己将来也能成为她那样的人。”母亲说。

“当然，我们也没有什么风流韵事好聊，关于恋爱呀什么的，我早就忘记了，总觉得每当春心荡漾时就会遭到天罚。我们不是一直都过得很节俭嘛，所以每次在外面喝酒我的心里就会很不安，担心我们的钱有一天会坐吃山空。”

“我知道。”我说。

“对吧。”母亲说完，就去洗脸池那里洗脸去了。

我没有告诉她新谷君的事。

母亲在这方面反应迟钝得令我感到意外。记得在我还是学生的时候，曾经谈过一个男朋友，而且谈的时间还不短。可她一直都没有察觉，直到有一次在自由之丘约会时被她撞了个正着。即使是这样，她也没有把这件事告诉父亲，更没有追着我问东问西，而总是对我偷偷地笑。

该不该告诉她关于那个女人的事呢？我心里很犹豫。

我身体里的另一个“我”真想哭着问妈妈怎么办，然后把所有的事情都告诉母亲，倾盘托出后好好发泄一通，然后逃避、去睡觉。

可是，现在的我——那个一直做着怪梦的我，那个长大成人勤劳工作的我……身体里却有一个东西一闪一闪地告诉我:“别说！不说并不等于背叛。”再等等，等把许多事情都搞清楚了再告诉她，现在应该让母亲保持安静，哪怕多一秒也好。

第二天早上，当我睁开眼时，看到母亲正站在小小的厨房里做着黄油蛋菜卷，真是少见。

晨光照在榻榻米上，和黄油的香味儿混合在一起，那味道让人感到有些寂寥又有些平静。

我想起了小时候，那时我还没有自己的房间，因为父亲常常回来得很晚，所以他睡在另一个房间，我和母亲一起睡。我想那个时候父母之间大概是没有性生活的吧，不仅那个时候，即便是后来我有了自己的房间，他们说不定也依然还是那样。母亲有没有过外遇呢？现在还不敢问她，但将来一定问问看。

过去，我的房间就在厨房旁边，为了不让我醒来时感到孤单，母亲总是把我的房间开一条小缝，我从门缝里一眼就能看到在厨房做早饭的母亲的背影。

那种体贴虽然不是多么温暖，好像也不是刻意而为，只不过是母亲日常生活中不经意做的一件事而已，可为什么竟能让我那么安心呢？竟让我觉得这个世界上不再有战争、杀人、诈骗、抢劫、强奸，而觉得只有好人了呢？当然，即使是现在，我也没有直接和恶人接触过，可是我却深深地体会到在这个世界上有着那么邪恶残酷的事，甚至残酷得让人无法再去相信这个世界。

而且自己的亲生父亲和一个不认识的女人殉情自杀了，而这么严酷的事件，我却终究会有一天慢慢地接受下来，一想到这些，心里就觉得特别难受。而在过去，关于这些我压根儿连想都没想过，我一直以为，不管是父亲还是母亲，他们都会永远活着，守护我一辈子呢。

“妈妈，早上好。”我说。

“起来啦?”母亲转过身来问，“突然觉得肚子特别饿，我把你的也做出来吧。”

“谢谢，我马上起来。”说完，我从被窝里一骨碌爬了起来。

不知是不是这个房子太小了的缘故，总觉得起床时心情好像比原来在目黑家里时轻松多了。窗外马路上传来了汽车的声音，从窗帘的缝隙处泄露进来的光线越来越亮。这里不像原来那个家，目黑那个家的窗帘都是遮光的，可以睡懒觉。可是，虽然这里睡不了懒觉，虽然这里没有西科姆保安公司，没有带自动电子锁的大门，虽然父亲不在了，只是我和母亲两个人在这里生活。

但这里却有这里的好处，就像去郊游住在帐篷里一样，有着简单而直接的幸福。

“哎，我想在这里放几个花盆，可以吗？真对不起，本来地方就不宽裕，这样一来可能会更窄了。”母亲说。

“可以呀，可是为什么要放花盆呢？”我说。

“我想种些紫苏呀、香菜呀、迷迭香之类，可以在做菜或者蛋菜卷时用。”母亲说。

“好哇，如果种得好的话，我还可以带到店里用。”我说。

“是啊，如果种得好的话。既然你也同意了，那今天我们就去买回来吧，还有秧苗什么的。”母亲的热情一下子燃烧起来。

“会不会只有到了春天，店里才会有秧苗卖啊?”我说。

“也许你说的有道理，但也没准儿能找到一些，像种子呀薄荷呀什么的，放在这个阳光充足的地方，说不定能长好呢。”母亲的干劲一点儿也不减，那热情简直和这个季节有些不合拍。

“也是啊。”我说。怎么样都行啊，看到热情满满、干劲十足的母亲，我心里特别高兴。

“这么一来，我就得住到春天喽。为什么在原来那个家的时候，天天烧饭做菜，却从来没有过这样的想法呢?”母亲仿佛是自言自语地说。

“是不是因为现在心情快乐了?”我回答。

“难道你爸爸不在了，我反而……?”母亲说。

“因为爸爸不在了，所以你才想开了吧？”我笑着说。

“也许吧。可那时候的我，大概有一半已经死了吧，从某种意义上来说，你爸爸也一样。并不是说那个地方不好，因为在那里不是也有很多人幸福地生活着嘛，自由之丘的女神狂欢节时，你看那条美丽佳人（Marie Claire）大街上，欢乐的人群多得甚至让人担心会不会出事。有的人一边举葡萄酒杯，一边逛着一家家露天店铺，有的全家人占好座位一起用餐……”母亲说。

“是啊，并非这里就一定比别的地方好多少。”我说。

的确，每个街道有着每个街道独特的乐趣。

那是人们在长大成熟、能够从容地学着怎样享受生活后，才有闲暇去考虑的一种知性的氛围。而且，在小巷子里，有一些保持着古老传统的中华料理店和居酒屋，不同层次的人们带着各种各样的需求进出于那些店铺。不像这里年轻人这么多，观光游览的客人也比这里少许多。印象中倒是有很多贵夫人和带着婴儿的妈妈们。

“可是真奇怪呀，那个时候我怎么就从来没想过让自己坐在美丽佳人大街的长椅上，一边悠悠然然地看着来来往往的人群，一边手拿葡萄酒喝上一杯呢？那个时候好像总是急着要去做什么似的，天天把自己搞得忙忙碌碌，一点儿闲情逸致也没有。

“记得我们新婚不久、你还是个婴儿的时候，我们家曾经在这里租房住过一段时间。这里和谷中那个地方的气氛有些相似，而台东区又有为新婚夫妇提供补贴，为了省钱，我们租的房子很小。现在想起来，好怀念那个时候。可能是因为那个时候我和你爸爸都还年轻吧，也可能是时代的缘故，总之我们整天傻呵呵地开心得不得了。每天去谷中那个叫‘银座’的商店街买东西，有副食，也有咸味煮海带丝和烤米饼，再喝杯咖啡，有时间的话，再去甜食店里坐坐，喝点儿啤酒，吃点儿脆米饼紫菜卷。”母亲说。

“是从什么时候开始，人变得半死不活，甚至像完全死了一样了呢？”我问道。

结婚、生子，慢慢失去了体力和精力，一想到当我的工作越来越忙，自己也会在不知不觉中变成那个样子时，就觉得特别害怕。这种事，总是在不知不觉中慢慢积累的，当自己意识到时，早已经身不由己了。

“渐渐地，世上那些污浊的像阴霾一样的东西，在自己身上慢慢累积起来的缘故吧。当然，我也知道不仅仅是这些，可是慢慢地自己就变得好像不是自己了，不知道自己想要做什么了。”

母亲一边沉浸在回忆中，一边把蛋菜卷盛到盘子里。然后口气坚决地说：“不过，我知道这些都是借口，我在努力纠正自己，就算是报复和祭奠吧。”

听了这些话，我差点儿大叫出来：“妈妈！”最终却只是把头埋在被子里痛哭起来。

“哭什么呀？傻孩子！看，蛋菜卷做好喽。”

还是和小时候一样，母亲一副若无其事的样子，连看也不看我。母亲有这种特殊的本领，就是每当处于这种让人流泪的场面时，她总是能用这种冷漠的表情，把尴尬很快地掩饰过去。我和父亲还常常说起过她这个本领。

我擦干眼泪，坐到饭桌前开始吃母亲做的蛋菜卷，热热的奶酪味扑面而来，母亲放了很多荷兰芹在里面。还是那熟悉的味道，我从小就经常吃。虽然眼睛哭肿了，可是我今天还得去做接待客人的工作，总不能让客人看出自己的眼睛哭肿了，所以我拼命地告诫自己："振作起来！别哭了！"这才强忍着不再让眼泪流出来。

新谷君在隔了很久后的一个晚上，出现在我们店里，脸上挂着羞涩的表情。

我们甚至还没有交换过手机号码。

那天，我忙得浑身是汗，刚看到他的那一刻，我虽然为自己有些狼狈的样子感到难为情，却觉得他那种羞涩的表情更令人心动。

就这样期待着某个人出现的感觉，除了恋爱，让人想不出还有别的。有这种感觉的时候，不可能会有不好的事发生，那是一种特别平和幸福的感觉。

新谷君像往常一样，来到吧台前的座位，从耳朵上取下ipod的耳机，要了一份油封鸭（Confit），一杯白葡萄酒，然后坐下来。

我又一次突然觉得自己还是那么不了解他，以前他都干了些什么，今后他想干些什么，全都不知道。于是，内心的感情好像一下子冷却下来，很快又把感觉放回了工作这个位置上。我一向不喜欢那种店员只和坐在吧台前的老顾客聊天的料理店，我希望我们店能成为那种除了让老顾客，也能让其他顾客有一种宾至如归之感的料理店。所以我觉得不能让自己看上去好像和新谷君很熟似的，我努力让自己保持着与平常一样的举止态度，只是早有预感的美千代，在我每次去厨房取客人要的菜时，总是冲着我眯眯笑。

“如果可以的话，能一起走吗？我送你。”当我把新谷君最后要的咖啡端给他时，他对我说。

“可以是可以，可是你可能不知道吧，我家离这里走路只要一分钟，我甚至连车站都不用去。”我指着窗外说。我的房间里的灯光清晰可见——母亲好像已经回来了，否则是不会亮着灯的。

“那么喝一杯再回去，可以吗？”新谷君说。

“那，你能等我三十分钟吗？店里最后还得收拾一下。”我说。

“好。那我在东街那间像葡萄酒仓库一样只能站着喝酒的酒馆等你吧？”

“OK。”

这熟悉劲儿，好像已经交往了很久似的，可实际上并不是那样。我不知道和新谷君今后会发展成什么样，但是我在心里暗暗告诫自己：绝对不能借父亲的事去和他交往。

虽然这是父亲给我带来的恋情，但是今后，父亲的事我将自己去处理。

店里的收拾工作花了我很长时间，结果，我被美千代笑眯眯地送出店门时，已经是四十五分钟以后了，因为我不是那种为了约会就随便把店里的打扫和准备工作敷衍着对付过去的人。

走进酒馆，只见新谷君正一边吃着奶酪喝着红葡萄酒，一边浅浅地坐在高脚椅上看着一本书。

"让你久等了。对不起，来晚了。"我说。

"理所应当的，工作重要。再说了我又是临时相约。"新谷君说。

因为除了父亲的事以外，我们还没有谈过别的，于是我们聊起了音乐。可是新谷君喜欢的是像日本独立乐队那种偏重于俱乐部风格的摇滚音乐，对此我是一窍不通。如果说我的音乐简历，不过是接触了一点儿爵士乐的皮毛和英美古典摇滚的边边角角而已。虽然我们家一天到晚总是放着音乐，但我从来没有在听着一首曲子时，先去留意它的标题的习惯。

所以当他问我："芳芳最喜欢哪位歌星啊？"

我只好回答："如果说印象比较深的，应该是派迪·麦克艾伦（Paddy Mcaloon）[1]吧。”

说完后，我发现他好像对此没有任何反应，像一下子静了场似的。

偏偏我又不是那种会在这种情况下去主动解释的人，虽然我发现这一点很容易引起男人的误解，可能他们也高兴这样，但事到如此也无法再纠正了，再说是他突然在我刚刚结束工作之后，把我约出来的，所以我也不想处处小心翼翼，本来我的工作就已经够让我费神费力了，所以不管了，我先痛痛快快地喝酒再说！于是我向新谷君提议，要了一大敞口杯的美味白葡萄酒。

“在下北泽喝酒，觉得特别好喝。”我说。“你看，外面道路上那些来来往往的人们，虽然不是这里的居民，但每个人的表情都那么轻松自在。在东京，像这样的街道其实还真是不多呢。”

1　派迪·麦克艾伦（Paddy McAloon，1957—），出生于英格兰纽卡斯尔达勒姆，作曲家。是合成新芽摇滚乐队“Prefab Sprout”的主唱。

“嗯，是啊，我也深有同感。因为不管什么时候，在这里看到的总是一张张年轻的脸。而在新宿那边，人们大多是一副疲惫的样子，虽然那也没有什么不好。”新谷君笑着说。

我这还是第一次看到他的笑脸，但竟有一种看到了小猫伸懒腰时的感觉。

他说话的方式，又一次打动了我。

于是，除了新谷君吃饭的样子外，我又发现了他一个让我喜欢的地方。我想就这样慢慢地花时间去发现他了解他吧。

我下决心给山崎先生打电话，是在和新谷君见了几次面以后。

一直找不到机会，加上忙、没有时间，就一直拖了又拖。有一天正好我休息，于是，索性试着给他打了个电话。

最好的理由就是好久没见了，最近和新谷君提起他，所以……对了，就说自从父亲没有发讣告的葬礼后，还一直没有见过山崎先生，就说想见他了。父亲组建的乐队解散了，定期演奏会也没有了，虽然离得不算远，却一直都没有再见过面，真是挺想念山崎先生的。

我知道山崎先生是父亲最亲近的朋友。父亲的音乐活动范围很广，与之相应，他的交际面也很广。但是我觉得真正能够让他信赖的朋友，大概只有山崎先生一个。

山崎先生比父亲小很多，可是看上去却显得特别老成。如果用一句话来描述他的长相，那就是他长得很像“神探哥伦布”，从我很小的时候起，我和母亲就一直叫他“神探哥伦布”。有时候，他会穿一件跟神探哥伦布一样的双排扣风衣，这时，母亲和我总是会彼此会心地笑着交换一下眼神。

他的身材高大、体格健硕，略带些棕色的眼睛像小狗一样又圆又大、清澈透明，头发也是淡棕色的，带些自然卷，显得浓厚蓬松，每次登台表演也总是穿着平时穿的便装。据父亲说，他有他的讲究，只穿自己喜欢的样式和颜色，所以给人的印象好像他总是穿着同一种款式的衣服。

他有一位漂亮得令人惊叹的妻子，漂亮得即使是她偶尔出现在演出现场，也总是能引起乐队和观众瞩目。

母亲常说：“在她面前，就是我也失去了魅力。”我却在心里暗想："不行，不行，根本就不能放在一起比。"她的美，有些像石田步或者浅丘琉璃子，身材纤瘦，举止做派处处显示着一个成熟女人的魅力。听说她过去曾经做过模特，山崎先生对她一见钟情，追了很长时间才终于娶到手。

我们约在了涩谷的东急HANDS[1]后面一间叫做3.4的古老茶馆。当我看到他进来时，我一下子想起来在我还是个高中生的时候，曾经常和父亲约在这里见面，心中禁不住涌起一阵悲伤。

开始我还担心两个人的年龄差距太大，没有什么共同的话题却特意约出来见面，是不是有些麻烦。可是见了面还是特别高兴，看来见面还是对的。

真要命，我现在不管和谁在一起，不管干什么，好像都不行了似的。就像刚刚失恋的人一样，最终总是陷入父亲的影子中，总觉得自己是在不断地寻找父亲，好像只能和父

1　日本大型杂货零售连锁店，主要经营手工艺人、个人兴趣爱好者需要的各种零配件以及各种日用杂货，以商品品种型号齐全著名。

亲在一起。隐约觉得自己搞不好一生都会这样下去了，这绝不是随便说着玩。这到底是怎么了？谁又能知道这到底好得了好不了呢？

可是，现在这种场合不是考虑这些东西的时候。因为是我约的他，所以我得赶紧找问题提问才行。

“芳芳，怎么了？是不是找我有事啊？”山崎先生要了一份特浓的咖啡，一边喝一边问我。

我要的是一杯放了很多现磨生姜泥的姜茶。店里古旧的桌椅被擦得干干净净，露出漂亮的木纹。空气里弥漫着一股原木的香味和干燥的灰尘以及古书的味道。金鱼在圆形的鱼缸里悠然地游来游去。这是一间属于父亲和山崎先生那代人的茶馆，而不是咖啡店。这些都勾起我对童年的回忆，一切是那么熟悉而舒适。

“嗯……关于和父亲一起殉情的那个女人，如果您知道什么的话，想请您告诉我。”我说，“我知道父亲死前曾交代过您，不让您说。所以，想请您在尽可能的范围内，把您知道的都告诉我，好吗？”

仔细看上去，他的外套有些皱皱巴巴的，脖子后面的肌肉有些松弛，对于我这个很久没有和中年男人在一起的女孩儿来说，这些都是那么熟悉，那么令人怀念，我真想把这感觉深深地记在心上。

在我小时候，那时大概他和父亲两个人都比较清闲吧，父亲常常把山崎先生叫到家里来吃饭，一起来的还有他那位少言寡语的漂亮夫人。大人们在一起放着音乐开着小小的派对，而在这些快乐的音乐声中入睡，对于我这个独生女来说是一件特别幸福的事。而今，关于这一切的记忆是那么鲜明，又是那么苦痛。

“这可让我为难了。”山崎先生说。

“的确，‘芋头儿’[1]不想让家里人为他担心，所以才一再嘱咐我千万别告诉你们的。”

---

1 井本的日语发音是“IMOTO”，山崎先生所称呼的“IMO”是“IMOTO”的亲昵称呼，相当于给好友起的外号。而“IMO”的发音和“山芋”（IMO）的发音相同。

“还有比发生的这些更让我们担心的吗？再说了一切都已经结束了。”我说。

“既然如此，那么就像现在这样不好吗？因为很多事每天都在不断地发生着变化，现在我们每个人都应该让‘芋头儿’静静地安息在心中才对，不是吗？”山崎先生小声说着。

那种过去从来没有见过的表情，让我明白了，对眼前这个人来说，他也失去了多年来让他最开心的乐队和好友啊！

“正是因为这些变化，我们才有一种被抛弃了的感觉。”我说，“现在，我妈妈跑来跟我一起住，目黑那套房子已经没有人住了。所以我心里特别着急，想要把一些事弄清楚。母亲之所以不急着知道这些，是因为她还有很多不安。而每当我想要弄清楚这些时，却发现自己其实对很多事情并不了解，简直就像是走进了一个怪圈，所以才想找山崎先生问问。”

“芳芳，毕竟你和你妈妈所处的角度不一样，所以你们的所思所想必然会有所不同，也许正是因为这样才更让你觉得寂寞吧。”山崎先生说。我心想，真不愧是“神探哥伦布”啊！

“你妈妈离开原来的家，跑到你那里去住的事，我听说了。现在你什么也没说，就让你妈妈住了下来，这不正是最好的孝顺吗?”

“也是啊。可是总觉得还能再做点儿什么，这种奇怪的感觉始终都驱赶不走。”我说。

我依然紧追不放。山崎先生表情沉静地思考了好一会儿说:“其实，这些我也能理解。如果我在芳芳这个年龄，也处于你这个角度的话，我大概也会这么说的。因为，如果能够像什么也没发生一样继续生活下去，那才叫不正常呢。所以如果我是芳芳的话，一定也会这样想。想做些什么，而且必须得做点儿什么。可是，爸爸已经再也回不来了，自己只能带着这种感觉——这种让人憋闷得快要发疯的感觉，一直活下去。我现在有时还会在早上醒来时，突然觉得：‘嗯？这个月的演奏会是不是还没有彩排啊？我得给芋头儿打个电话提醒一下。’然后醒过神来躺在床上潸然泪下。”

山崎先生两只圆圆的眼睛，目光炯炯地看着我。“芋头儿”这个称呼是山崎先生对父亲的称呼方式。每当我听到这个称呼，好像父亲就在身边一样，心里难受得紧紧揪在了一起。

“我理解山崎先生说这些话的意思。”我说，“越是勉强让自己去做什么，越是让自己觉得更累。”

山崎先生点点头说：“过去大家不是一直都说那个人是你爸爸的妹夫年轻时候的私生子吗？”

“嗯。可是我却听说那个人是姑父的外甥女。”

“其实这两种说法都不对，实际上她是你爸爸的妹妹——也就是你姑姑年轻时候的私生子，一出生就送了人，你奶奶把孩子送了人的事，好像并没有告诉你姑姑，不知道她是怎么跟你姑姑说的，也许是说孩子死了，也许是让你姑姑把孩子交给她由她来处理，详细情况我也不太清楚。所以你姑姑也不知道这个人的存在，或者说知道却刻意忘掉不再去问了。这一点我也不太清楚。”

“啊？”

这是怎么回事啊？这么说来，那个人和我还是很近很近的亲戚关系了？真没想到！

“被寄养的那个人家，据说条件和环境并不好，所以她很早就离家出走了，之后好像生活得一直不太如意。”

“父亲是不是因为担心她才……可这血缘关系也太近了吧，这不就是亲侄女吗？”

“是啊，这当然也是个问题。可是，我觉得他们一开始交往时肯定是不知道这层关系的，等到知道的时候，感情已经陷得很深了。”山崎先生说，“不过说实话，那个人一看就是一个让人感觉很不好的女人，也许你听新谷君说过吧？我见到过那个女人一次。那是个阴气很重的女人，在演奏会中，总是让人感到不安。我和新谷君甚至一直怀疑那个女人是不是个幽灵，一想起来就让我们感到不寒而栗。

演奏会结束后，她并没有出现在我们的总结会上，之后就再也没有见到过她。我万万没有想到她就是死去的那个女人，如果不是新谷君说起，我早就记不得了。

另外，我也隐隐约约感觉到你爸爸好像是被卷进了一些麻烦事，他也曾经为此找我商量过，不过只是泛泛地谈了一点儿而已。说他交往了一个女的，可是对方不想只和他玩玩就了事，而且找他借过钱，另外还有几桩麻烦事。但是他说也没什么大不了的，反正他从来没想过要抛弃家庭，而且也这样明确地告诉过她。真的，他真的是这样说的。”

听了这些话，安心和后悔的情绪一起涌上心头，使我的眼前一阵阵发黑。仿佛听到一个死去的人的爱的告白，我那无处宣泄的感情又徒增了一层。

“我一直怀疑你父亲这家伙是糊里糊涂地被人家给套进去的，因为他这个人好像对这种事不太会拒绝，不管你和你母亲给了他多少快乐和温暖，却总是难以改变他的某些方面。想想，这家伙真是挺差劲的，本来是为了改变自己身上的这些东西才建立了家庭，却又把家庭抛弃了，简直是……我们家没有孩子，我不太理解他是怎么想的，可是如果我有一个像芳芳这样的孩子，我想即便是为了看到孩子长大后的样子，我也会好好活着的。”山崎先生说，眼睛一直盯着自己那双指甲修剪得整整齐齐的大手。

“但愿他是这么想的。”我说。

“这一点你绝对是可以相信的。”山崎先生马上接住我的话说，“你不知道你对他来说是多么的宝贵。他常跟我说，他不配有你这么个好女儿。从这个意义上来说，你爸爸和世界上其他的普通父亲是一样的，绝对不是那种沉溺于酒色不能自拔，最后只好选择殉情的那种人。当然在我们周围还真有不少这样的人，而且一眼就能把他们区别出来，可是越是这种人往往越不会选择死。只有像‘芋头儿’这样傻认真的家伙才会去死啊。”

这番话对于我来说是那么重要，因为说这话的不是别人，而是父亲最信赖的朋友。

“可是，他交往的却是一个那么危险的人，自己还以为不要紧呢，却在不知不觉中一点儿一点儿地陷了进去。怎么说呢，虽然只见过那个女人一次，但是却觉得那是一个能够把你的想法搅得乱七八糟的女人，让你越是拚命地想要看清楚却越是看不清。因为她也死了，所以没有办法对她处以刑罚，如果她活下来的话，不知得判她多少年呢，那时我一定会心甘情愿地出庭作证的。可是即使我那样做了，他也还是回不来了。所以真的，我总是在想这到底算是怎么回事啊?”山崎先生说。

“对不起，用一种不太合适的比喻，我们在一个乐队，一次又一次共同登台演出的过程，就好像男女在一起一次次做爱一样。

“我们也无数次地共同拥有过那种看不见的、无法言说的肢体语言。所以，对于我来说，现在这种感觉就好像是自己的恋人被别人抢走了一样，特别窝囊、特别愤恨。而且这种感觉也许会伴随我一辈子，我恨他为什么那时候不认真地把这件事全都告诉我，和我好好商量。我一直以为如果他真的遇到了麻烦，他不会去找别人，肯定会先来找我商量的。所以我一直以为不要紧呢，没想到是我把事情想得太乐观了。你不知道我都快自责死了。”山崎先生的眼里闪着泪光。

和父亲做……爱？这是怎样的比喻啊？可是不可思议的是，听着他这样形容，我一点儿也不觉得反感。

其实我也有着类似的感受。那是一家三口身体相连，在同一个屋檐下共同生活的肢体的记忆……为了不撞在一起，擦身而过时相互间的呼吸，递杯子时手和手相碰时的触觉，挂在衣架上衣服的味道，出门时不小心踩到对方皮鞋时的感觉，近在咫尺时的气息。这就是家人啊！我们曾经是那么愉快地共同拥有过这些，为什么父亲会那么决绝地把这些东西都抛弃了呢？我实在是不能理解。

每当我和朋友、四邻五舍以及知道了这件事后打电话来询问的人们说起这些时，我的语调总是尽量显得轻松随便。

所以在山崎先生面前我也是这样，既不过于明快，也不过于阴沉，而是尽量让自己的语气保持冷静。因为如果不这样，自己就会抑郁得恨不得想去死。在我的内心深处，有一种像黏稠的岩浆一样的东西翻腾涡旋着，有时煎熬得我不知该如何是好。有时真的会发起烧，肚子难受得无以复加，好像有什么东西涌上来堵在了心口，几乎令我窒息。那时，我对所有美好新鲜的事物连想都无法去想，有时甚至忍不住找人发泄一通（常常和母亲互相掐架），却无济于事。于是只好让自己保持轻松，把目光移开，然后刻意把所有的事都描述得云淡风轻。

可是，在山崎先生面前，他的存在，他的亲切体贴，以及和我一样，都曾经有过和父亲在一起的生活而今却又全部失去了的经历，总觉得我们的立场是那么相似，我的感受他能理解。这让我长期以来一直刻意掩饰的东西一下子喷涌而出。

我抑制不住趴在桌子上，嚎啕大哭起来。

泪水像涌泉一样止也止不住。

山崎先生既没有上来抱住我的肩，也没有抚慰我的头，只是默默地陪在我的身旁，我能感受到他想陪在我身边给我安慰的心情。

我像个笨蛋一样，总是在有着自己父亲影子的男人面前哭泣，我甚至觉得这个样子简直就像卖春一样，这和为了追求父亲的踪影与各种男人上床又有什么区别？！可我早已顾不了这些，只是尽情地痛哭。哭了很久我才抬起头，眼睛肿胀得厉害，满脸的鼻涕眼泪。看到山崎先生依然坐在那里，慈祥的眼睛里含着泪水，默默地陪着我。

然后，用他那漂亮的手指敲了敲我的手背说："那个家伙真的是个好人，突然不在了，我们都很难过。"

我除了点头，什么也说不出来。

我觉得自己太凄惨了！两年来，我始终无法从失去父亲的悲伤中走出来，就这样一天天地熬着。夜好像永远都不会过去；后悔，却再也回不到从前，想说的话说不出来。

就这样两年过去了，可是我却一点也没有好转，不知道是不是就这样一生都无法改变了。

然而到了明天早上，我依然会把做面包的面揉好，把水烧开，把做沙拉的蔬菜切好，然后做店里的清扫吧，身体会机械地去做这些。每当客人进来，我依然会面带笑容大声说“欢迎光临”吧。只有这些，无论何时我都会做得毫不含糊。

就好像母亲努力让自己什么也不做一样，我却只能让自己做这些了。

我们用各自的方式挣扎着活下去，因为不能求死只能求生。而活着，就得把那种决心和意志显示出来。明天只要去了店里，我的心就能在那种气氛中慢慢地变得安适。在店里长时间的工作，虽然有些劳累，但并不觉得有什么不好。其实，在有些狭窄闭塞却布局完美的厨房，每当我看到美千代端庄的身影，每当看到她那双巧手像变魔术一样做出一份份美食，每当我把这些美食端到客人们面前时看到他们一张张笑脸，这些都会化作一股力量，每天一点一滴地注入我疲惫的身体，让我振作起来。我不禁心想：有时人能够杀人，而有时人也能赋予人活下去的力量。

“那个女的，好像也曾经和别的男人一起自杀过，但没有死成。实在是弄不懂你爸爸怎么会和那种女人搅在一起。也许这都是上帝的捉弄，运气不好吧。”山崎先生说。

“果然不仅仅是我爸爸一个人啊?”我说。这正是我梦里见到过的。

“我是听‘芋头儿’说的。那个女人以前曾经和谁一起殉情自杀，结果没死成。之后，听说好像身体不好，经常住院之类的。我跟他说，这事太悬，赶快撒手……你爸爸还说：没关系，我才不会跟她殉情呢。大概还是放不下吧。”山崎先生说。

“真没想到，爸爸这么蠢，这么糊涂！”我怀着一种近乎洁癖的感情说道。

感觉山崎先生好像把我看穿了似的，他说：“不能这么说。有时男人和女人的事，不是用脑子去想的。”他的话一下子让我茅塞顿开，真不愧是哥伦布神探啊！

我惊讶地抬起头，泪眼婆娑地看着山崎先生。

“也许是这样吧。可是我还不懂。”我说。

“我也不是特别清楚，但肯定是的，因为很多事情，用道理是说不通的。”山崎先生说。

“你爸爸给了她不少钱，对吧？那个女人在外面大概欠了很多债，而你爸爸又是那种宁肯死也不愿借钱的人。”

我听了以后，一下子全明白了——原来是这样！想想竟有些悲哀。

父亲死的时候，存折里的钱几乎全取光了。他一直想拥有一间自己的工作室，为此存的定期存款也全都被他解了约。

爸爸这个笨蛋！还有我和妈妈啊……这些想了不知有多少回的话，现在又出现在我脑海里。难道只有阳光还不够吗？难道仅仅是这些日常的温馨不足以让你活下去吗？那种潦倒、阴暗、污秽、像淤泥一样的东西就那么有魅力？那种东西到底有多厉害，让你的内心一旦被它浸染，就算付出性命的代价也在所不惜？

“对于芳芳，‘芋头儿’还是一直记挂在心上的，这一点你千万不要忘记。也许这根本不用我说。”临分手的时候，山崎先生说道，“人活在世上，虽然不会总是好事，但也不会永远都是坏事的。”

听到这些话时，我觉得父亲就在身边似的差点儿就要作出回应，感觉好像是父亲借着山崎先生的嘴在跟我说话。

“是啊。我知道我总是想给所有的事都找到一个根由，以为那样才能解释通。”我说，“但我知道爸爸最喜欢的是我。”

“是啊……我母亲在乡下，已经快九十了，每年一到春天就煮些蜂斗菜的菜梗、花椒菜什么的给我留着。每年当我们吃着这些菜，品味着那熟悉的味道时，我们俩就会想：唉，说不定这是我最后一次吃春天的腌煮山菜了。可这也只不过是从道理上说，对吧？其实，只要收获了蜂斗菜的菜茎和花椒，我母亲就是再觉得力不从心，也会先把这些都煮出来的，她根本不会去考虑什么先后。管它明年怎么样呢，先煮了再说。这就是保持一颗平常心的好处，想那么多干嘛。我不也是一样吗？不想让自己那么多愁善感，就索性不想那么多，只去想妈妈煮的菜真好吃啊，简直没有比这再好吃的东西了，今年又能吃上妈妈煮的山菜，真是太好了，有了这些菜，又可以多吃一碗饭。这种简单的幸福芳芳也可以好好地去体味体味，好吗？当然，‘芋头儿’已经不在了，你思念他惋惜他都是正常的，可不能影响到你和你妈妈在一起的生活啊。芳芳，是不是你过于担心了啊?”山崎先生说。

他的话语给人一种幸福温暖的感觉。这些话深深地打动着我，让我的身心得到了舒缓。

和山崎先生见过面的事，我没有告诉母亲。谈话的内容也实在不好告诉她。

本来有些想告诉她的，可是那天晚上，母亲从“前锋村俱乐部”（VILLAGE VANGUARD）买了很多漫画书回来（是一套母亲最喜欢的萩尾望都[1]女士的《荒芜世界》的文库版全集）。当我看到母亲把垫子铺在榻榻米上，躺在那里一边哼着歌一边看着漫画时，想说的冲动一下子就消失得无影无踪了。

母亲四仰八叉地卧在那里，一边翻看着手里的书，一边流着泪轻声说道："嗯……真想在山顶小屋过过那样的日

---

1 萩尾望都（1949— ），日本著名女漫画家，生于福冈县大牟田市，现居埼玉县饭能市。主要作品有《波族传奇》《天时心》《有11个人！》《银三角》《X+Y》《百亿昼千亿夜》等。《荒城之夜》写于1985年。

子啊。”

看着母亲我想：她又没有做错什么，凭什么……？眼泪也禁不住快要流出来。

其实，这里就像边境的山顶小屋一样，就算是跟不上社会发展步伐的人们，也可以按照自己的方式在这里静静地生活下去，即使像我们这样被父亲扔下不管的母女俩也同样。

虽然我和母亲都属于那种大大咧咧不太在意别人说闲话的人，可是，有一段时间，只要走在自由之丘的大街上，就觉得有人在背后指指点点，好像能听到她们在说："她们就是那个殉情自杀的人的遗属。"

所以，关于和山崎先生见面的事，我什么也没有跟母亲说。

可是，到底是母亲，妈妈倒是问起了我。

"芳芳，怎么了？一副无精打采的样子。今天不是休息吗？你干什么去了？哎，下次休息，我们一起去伊势丹逛逛吧，好久没去了，我们一起去买买东西，吃顿饭，再给你买件冬天的衣服。”

“嗯，好的。可是，我们不可能一辈子就这样生活下去吧？”我说。

“为什么？”母亲茫然地问。

“这里简直就像个临时住处一样嘛。”我说。

“嗯，你说的没错。可是，为什么要操那么多心呢？难道你是我妈妈吗？”母亲笑了，“你想想，说不定你将来会到别的店里去学徒，也说不定会去国外，什么样的变化都有可能发生，对吧？但那时候的事到了那个时候再说。既然不是今天，也不是明天，那就先放放，等以后再说。说不定你会结婚嫁人呢，真是那样也没关系，反正对于妈妈来说，就只有芳芳这么一个亲人了。所以，到时候我会在你家附近住下来，帮你照看照看外孙，说不定也挺开心的呢。”

“谁说想让你在我家附近住了呀。”我说。

“到时候，你肯定会需要妈妈帮把手的。女人一边工作一边养育孩子，是件很辛苦的事，我认识的人里，很多这样的女人都被累倒过。估计你会需要我帮把手的，依你的性格，即使是结了婚有了孩子，也绝对不会把工作辞掉的。”母亲说。

“也许吧。美千代店里的工作，我想一直帮她做着，我尊敬她，甚至想将来把那个店继承下来，一直做下去。”我说，“不过，我俩的年龄相差太多，继承不继承的，我觉得还谈不上。但不管发生什么，我也愿意帮她一起把那个店做下去。我也不知为什么这么迷恋这个店。不管是美千代做的饭菜的味道也好，还是美千代这个人也好。”

“能在工作的地方遇到这么一个人，是件很难得的事，所以不管怎么样都应该跟着她做下去。”母亲说。

“为了这些去打下手，即使是学上几年也出不了徒也没关系，终究会有一天学出来的。我觉得，只要能在那个店里干活，即使是不给钱都没关系。甚至让我扫地、做事务性的工作也没关系。这种愿望比让我做出自己风格的料理要强烈多了。”我说。

“这些话从你口中说出来，显然是真心的。的确，那个蔬菜沙拉真的是救命的蔬菜沙拉啊。那个时候，我多惨啊，没有可以发泄排遣的地方，胸口好像被烂泥淤积住了一样抑郁得恨不得想一死了之。只有那个蔬菜沙拉没有否定我，它让我看到了在自己的躯壳里那个可爱的、微不足道的小小生命还存活着。”母亲说。

“这是对我们店最高的评价，谢谢妈妈。”我说。

“你能这么说，说明你已经完全把自己当作料理店的人了。看来妈妈也该干点儿什么了，整天散步已经腻了，做家庭主妇也做了这么久了，做够了。”母亲说。

可是她想干点儿什么呢？去大关超市做收银员？或者是咖啡店的服务员？不会是晚上去酒吧做服务员吧？或者是那种二手服装店？

本来想问问的，终究还是忍住了没问。

我知道不管她说出想做什么，我都必须得接受，因为她能开口说出自己想做点儿什么，这就意味着她在内心里已经能把那件事放下了。而这对于两年前的母亲来说是绝对不可能的。

“先不谈这些。芳芳，我问你，你是不是有男朋友了？”母亲问。

“没有啊。为什么你要问这个？”我说。

“女人的直感。”母亲说。

到底是母亲呀！我只好答道：“倒是有一个可以考虑进一步交往的人，不过还八字没一撇呢，不知为什么，总是不来电，我好像现在很难进入谈恋爱的状态。”

“是恋爱恐惧症吗？”

“不，从各种意义上来看还够不上，但说不定也差不多呢。”我说，“兴奋也好，喧闹也罢，每当我有了那种情不自禁的喜悦心情时，我就会感到身体里有另一个自己，站在寒冷冬日的波浪滔天的日本海海岸，冷冷地看着自己。总觉得现在的自己和年龄相当的男性通过互相接触，互相交谈慢慢地熟悉起来，慢慢地有了好感这种事好像是一场愚蠢的游戏一样。”

“唉，而我活到现在这个年龄，却在体验着你那种感觉的最高层次啊！真的，你那种感觉我也有。”母亲说。

“并不是想说只有自己最悲惨，也不想因此轻视别人，可不知为什么，现在不管谁说什么，自己好像都觉得没什么大不了似的。”

说着说着，我们俩好像都有些意兴阑珊了似的，于是我们决定到茶泽大街上那间离家走路五分钟的酒吧去喝酒。

那个店并不便宜，偶尔奢侈一回，我们俩会要一个新鲜的水果拼盘，那水果甜美的滋味像梦幻一样。我们坐在擦拭得一尘不染的吧台前，在朦胧幽暗的灯光下，一小口一小口慢慢地喝着，渐渐地就觉得有一种力量从喉咙里漫涌上来，肩膀上原来那种沉重渐渐变轻了。

离开店里时，看着母亲付钱的背影，觉得她好像有些老了，又觉得她好像一点儿也没变，那感觉真是不可思议。

走出店门，外面寒气袭人，隐隐地感觉到风里已经带着冬天的气息。母亲身上那件初冬的大衣，据说是在墨西哥买的，是那种莫名其妙的黑色皮革制的双排扣短大衣。走在她的身边，能够闻到一股旧皮革的味道。那是一种好像在哪里闻到过的、古老陈旧的特有味道。

时间不会停滞，现在的我不想被噩梦击倒，虽然有时在身体反应上会自然而然地被击败，我也只能认赌服输地走下去，因为我还没有成熟强大到能够让自己带着满身的伤痕去领略沿途风景的魅力。

母亲表情平静地迎着风走在我的身旁。我们俩好像是在旅途中一样，突然来到这个地方，悠闲地走着，我想我大概一辈子也不会忘记这个走在茶泽太街上的快乐夜晚吧。我觉得有些微醉了。

“喂？喂？”

梦里，我在打电话。在目黑的家中，我自己的房间里。

我拼命呼叫着，几乎用尽全部的力气。总觉得只要这个电话打通，父亲就有救了。不知道是信号不好，还是根本就没有接通，电话发出一种奇怪的声音。

“喂？爸爸！爸爸！”我大声叫着。

“芳芳……”是父亲的声音。

“爸爸！”我叫着，眼泪夺眶而出。

那声音里，毫无疑问地包含着对我的爱，我清清楚楚地感觉到了。父亲一直到生命的最后，都是一直想要见我的啊！嗯？可是前一段时间，我明明在这里找到父亲的手机了呀。他怎么？……想到这儿，我的脑子开始混乱了。

信号又变得时有时无，父亲说的什么一点儿也听不见了。

“爸爸！”我继续叫着。电话里发出了“嘟嘟嘟”的声音。

在梦里我想：是不是进入树林之后，信号就不好了啊？虽然知道在实际生活中，这显然是不可能的事，可是在梦里我真的就是这么想的。这时突然觉得电话的另一端好像气氛有些异样。

突然在电话里，隐隐约约地听到了一个女人有些嘶哑的尖叫声。

我顿时觉得有些毛骨悚然，赶快把手机从耳旁拿开。

好像有什么东西跑进了耳朵里似的，我厌恶地拼命摇着头。

“怎么了？”母亲用手轻轻地拍了拍我。

她手掌的力量让我感到安心，虽然那力量有时有些生猛，有时会令人觉得不舒服，甚至觉得可憎可恨，乃至生厌。但这力量却是哺育我，把我养大的源泉。

我一下子放松下来，睁开了眼睛。

我叫了一声：“妈妈……”流下了眼泪。

“你一直在叫：爸爸！爸爸！”母亲神情忧伤地说。

在昏暗的和式房间里，妈妈散开头发的剪影在小小的脚灯映照下晃来晃去。

“嗯……”我点点头，却没办法说出来，虽然现在母亲算得上是自己最亲密的战友。

“芳芳，你现在还是一直在想爸爸，对吧？一直以来我总是想着自己的事……对不起。”

母亲轻轻地拍了拍我的肩。

“不是的。”我想说，却没说出来。因为太可怕，太令人毛骨悚然了。而且，现在如果说这个家还有什么能和父亲维系起来的话，大概也只有我了，所以也许我还能再做点儿什么。

大概在我的内心里还是没有从那件事的阴影中走出来，虽然还没到母亲那种常在家里看到父亲幽灵的程度。

我不是不想告诉她，而是还没有信心能够把自己在梦里的那种感觉清楚地表述给母亲。虽然过去我曾经向她隐瞒过许多事，而现在我却开始明白了不告诉她其实也是在爱她，其中也包含了“总有一天我会告诉你的”这样一种信任。

我不懂什么成佛啊、上供之类的事情，也不感兴趣。我的人生目前要面对的课题，无非就是怎样才能又快又好地把土豆皮剥好，然后做出美味的蔬菜鱼肉煲。可是仅仅做这些显然是不行的，我不能让父亲待在那么一个地方。我该怎样做才能让自己在梦里看到点儿幸福的情景呢?

“妈妈，别这么说。妈妈本来就应该去寻找自己的人生。我喜欢现在这样的生活，而且也有自己追求的目标。只是偶尔会做这种可怕的噩梦，因为我们看到了太多恐怖的东西。树林中的轿车，还有那个……”说到这里，我的喉咙突然感到一阵发紧。

“还有尸体。”母亲用力点了点头说，“我们看到的东西，把我们所有的一切都毁掉了。可是我们还活着。不要在自己情绪还不错的时候给自己定标准，而是要把目标定在最低线上，然后自己就会觉得今天真的比昨天又好了一点儿。这样，你就不会再做可怕的梦了。”

看着她的眼睛，我明白了，虽然我和母亲立场有所不同，可我们都在同一条路上探索着前行，想到这些，竟然感到了些许安心。那是一种在最低限上互相舔舐伤口的悲伤的安心感和庆幸自己没有被对方抛弃不管的凄惨的幸福感。而现在，这些比什么都让我感到温暖。

我就这样每天把这种郁闷不快的心情深藏起来，照常在店里工作着。只有当新谷君来到店里时，我的心情才会放松下来，那种心情就好像是下了班回到家看到自己的小狗小猫，用手抚摸着它们时那样（我知道这么说很失礼，却想不出还有别的比喻）。一看到他，我的眼啊、手啊、甚至全身好像又都恢复到了从前，感觉可以休息放松了似的。

既不会让人兴奋，也不会让人紧张，好像浸泡在温度适中的温水里一样。或者说，就像是傍晚下到海水里，在温暖的海水里，看着夕阳慢慢沉降下去那种感觉。浑身的疲惫，以及肩膀的疼痛都慢慢地消融在清澈的海水里，沉浸在波涛悠缓的节奏中，比任何温泉都更能让人得到舒缓放松。

那一瞬我清楚地明白：我得抓住他，不能轻易放手。

但并不是因为喜欢他才要这样，只是不想放手，仅此而已。至于说这算不算是恋爱，我也不知道。

“今天有蔬菜鱼肉煲。”我说。

同时心想：如果我不是每天都腰板笔挺地接待客人，如果我不是精力充沛、机敏利落地在店里工作，他还会注意到我吗？也许不会吧？

在我的内心里，如果把这种程度的感情交流称作是恋爱的话，那对我的人生经验来说，实在是太浓重了。所以我只希望两个人之间能互相保持这种好感就可以了。

“嗯，那给我来一份吧。这感觉真好啊，就好像回到了家里一样。”新谷君边说边把大衣脱下来，坐在了吧台前的座椅上。

真会说话啊！我一边想着，一边开始给他准备葡萄酒。还好美千代最近也不再偷偷冲着我笑了，倒是常夸我：“芳芳真不简单啊。即使是男朋友来了，接待客人也从不含糊。”

我心想：这还用说吗？这里又不是陪酒的地方。同时也觉得：我们店里的生意真火啊，一直到闭店，客人依然是络绎不绝。

新谷君还是和往常一样，吃相优雅而迅速地把蔬菜鱼肉煲送到嘴里。他一边吃着，一边表情宁静地看着窗外，脚上穿的依然是那双很好看的鞋。

这一切都让我觉得那么幸福——我在这里工作也好，新谷君能够融进我们店里也好，还有能够从窗口看到对面我的房间也好。虽然这一切不可能永远持续下去，都在随着时间的流逝，各自发生着变化。我不敢期待这些永远都不会改变，因为如果一心那样去想的话，最终就会像我们家那样落入凄惨的境地。

可是，我真的希望这种幸福的感觉能够永远持续下去。

按说，我在店里工作，准男友来了，一般都应该等到下班后由男朋友送回家才对。可是，我的住处就近在咫尺，根本没有让新谷君送的必要。所以我们俩总是在我下班后找个地方喝上一杯再回各自的家。

当然，只要赶得上去新宿的末班车，我们也会聊上一会儿。

那天也是这样。我和新谷君来到了位于车站地下街入口处的一家居酒屋，要了点儿下酒小菜，又要了两杯日本酒。

本来那家店已经到了关门的时间，但是，因为新谷君和店老板认识，所以听到他请求“我们只喝一杯”后，店主很爽快地就让我们进去了。店里满是昭和时代的气氛，客人中几乎没有年轻人，那些大叔大婶们都面带微醺地正在吃着最后一道甜点。我想在这里有这样的店铺，也正是下北泽的包容宽厚之所在吧。

“我还从来没有看到过一个女孩儿能够吃‘莫久来’吃得这么开心呢。”新谷君说。

“你忘了我是在饮食店里工作啊。只要是好吃的东西，我肯定要先尝尝的。”我说。

“莫久来”这道菜，是由海参肠、海鞘等拌在一起腌制而成的一种橘黄色的食品，而这家店自己做的“莫久来”味道特别好，和日本酒的味道也特别般配，所以我一下子就喜欢上了。店员们都爽快麻利地干着活，明快活跃的气氛让你一点儿也感觉不到这是在地下。看到这些，尽管我的腿已经累得快要抽筋，但是依然会让我内心里升起一种“我绝不会输给他们”的豪气。

“你知道吗，新谷君。”我说，“我总是会梦到我父亲呢。”

“那是肯定的啊。”他很干脆地说。我不禁心里暗暗羡慕他的爽朗。

“不过，实在不是什么好梦。他好像想要说什么，好像有什么话没有说完似的……而且，我妈妈说，她在原来那个家里的时候，曾经见过几次我爸爸的幽灵。这种事，你信吗？是不是因为他没有成佛的缘故啊？如果真是那样的话，我该怎么办才好呢？最近脑子里全是这些，甩都甩不开。”我说。

“其实，像我们Live House这种店并不是什么吉利的地方，这样的事多的很呢。你好好想想，搞音乐的那些人不可能都是那种一直都很受欢迎、只靠音乐就能生活的，而且也不可能每个人都能一直快乐无忧地颐养天年的，对吧？所以他们有因为嗑药过量而死的，有因为酒精中毒而死的，有因为放纵生病而死的，也有放弃音乐做了其他工作的，还有互相争执结下梁子的，各种情形都有。还有那种疯狂的粉丝为自己的偶像自杀的……”新谷君用一种平淡的口吻说道。

“当然了，虽然不是经常见，但那种事是有的，比如有人看见那个死了的乐手站在舞台上表演啦，那个明明已经死了的女孩儿却坐在原来的座位上，有人从舞台上看到她啦。这样的事，我是听说过的。”

“太、太可怕了。”我说。

“对这样的事到底是该信好还是不该信好，我自己现在也无法判断。可是，假如是我所在的乐队的粉丝自杀了的话，我可能也会觉得那个人又来看我们的演出了呢。这一点不是不能理解，因为也可能是那种气氛，让你觉得自己好像看到了呢。另外，假如是同一个乐队的伙伴死了，即便是换了新人，偶尔看过去时，可能也会觉得在那个位置上演奏的依然是原来那个人。类似这种事不是不可能的吧，即便可能是一种错觉。”新谷君说。

“现在先不管它是不是错觉，我们还是先请人来作作法、驱驱邪吧。其实我自己就设了一个神坛，这些东西对于开店的人来说总是需要的。有时我会觉得，自己好像应该把这些责任全部担负起来似的，我指的不是驱除鬼魂啊。我是说像我们店这种各类人带着各种心思进进出出的场所，我好像有责任保持那里的清净，我想我指的大概就是这种责任吧。”

“嗯。”

听了他的话，我的心情仿佛得到了抚慰。听着他这些详细明确的解释，我内心那些混沌不清的思虑也仿佛一下子变得明朗起来。

“其实，芳芳你说的那些，我也能理解。现在首要要做的是怎样让活着的人安下心来，这比怎样供奉死去的人要重要得多。所以，可以去扫扫墓，还有最好去现场看看。”新谷君说。

“去茨城？”我吃了一惊，“去那个地方？那个让人难受又恐怖的地方？”

我甚至觉得连过去我们一家人常去的那个位于大洗的漂亮水族馆，这辈子都无法再去了，他竟然……

父亲特别喜欢水族馆，一家人一商量要去哪儿旅行，他肯定会选择有水族馆的地方。

那个噩梦一样的日子，在东京站，身旁的人们看上去都那么快乐。车站里和车站外除了要去旅行的人，就是旅行归来的人。接站的人们络绎不绝地一个个满面笑容和朋友亲人欢聚着，只有我和母亲仿佛置身于黑暗中。夏日的阳光刺得眼睛发痛，仿佛被灼伤一样。那时我们要去确认和领取父亲的遗体，等着开往茨城的公交车。

我们一家三口曾经从这里坐着大巴一起去大洗水族馆，我多希望我们还能回到那一天啊！我暗自祈祷得头直痛。为什么？为什么我们去的是同一个地方，这次心情却如此沉重、如此痛苦？

“如果你考虑好要去的话，我可以和你一起去。最近店里的生意比较安定，休息一两天没问题。”新谷君说。

“不，不用。因为连我自己也还不清楚是否能去做。”我说，“不过，我会认真考虑的，驱邪到底都应该做些什么？”

“我们家的做法一般就是把当地神社的人请来，拜托他们来做，无非就是走走形式罢了。准备一些花呀、供品之类的就够了吧。”新谷君说，“我回去也好好想想，其实仪式本身也有其意想不到的重要性，我觉得那与其说是做给死者的，不如说是为了让活着的人能够释怀，是以一种最好的方式给活着的人一个交代。在我们店里，不管是我们的工作人员还是乐队的成员，经过这样的仪式后，他们都说不知不觉就能放下了。也许是因为我亲身感受过，所以才会那样想的吧。总觉得如果不那样做一下的话，大家心里的疙瘩就永远解不开，好像会一直那么抑郁下去似的。”

“谢谢你。虽然现在我还没有想好要不要去做，但是，我不想再做那种可怕的梦了，所以我会尽量朝着做的方向考虑的。另外也许我应该接受接受心理治疗吧。”我说。

“不管怎样，都不要操之过急。”新谷君说，“很多事，欲速则不达。”

“新谷君，你还这么年轻，为什么就能说出这么成熟的话呢?”我说。

“从小时候起，每当我遇到那些不卖座的音乐组合，就会看到很多不理解和令人苦闷的东西，数不清的相遇，数不清的分别。能来我们家这种虽有历史却场地狭小的Live House演奏的人，不是那些还没有成名的，就是那些一直火不起来的。偶尔也有那些声名鹊起后又回来演奏的。总之，对于他们来说，我们店不过是他们演艺生涯中一个过场而已。当然也有像你父亲那样事业安定，能够在我们店定期演奏的人。这些人是最能带给我们安心感的。”新谷君说，“我一无所长，是一个平平凡凡的人，可我见过的东西却多得说也说不完。”

“原来是这样啊，难怪你显得那么成熟呢。”我说。

“也许是那些污浊不清的人看得太多了，所以就特别希望看到像你这样清澈透明\轮廓清晰的人。”新谷君说。

"你的意思是说，整天看泥泞污浊的东西看多了，所以才觉得莲花美丽得让你头晕目眩吗?"我笑了。

"我可没有那么说啊。"新谷君也笑了。"你喜欢的Prefab Sprout乐队[1]演奏的音乐我听了，我也特别喜欢。你父亲的乐队的名称是借鉴了他们的吗?"

"不知道，我也没有认真问过，不过父亲确实是非常喜欢他们的音乐，家里总是播放着他们演奏的曲子。父亲的乐队在音乐中加入了很多女生合唱队伴唱这一点，很有可能就是受了他们的影响。他还有几盘已经废版的CD，你如果喜欢，随时都可以借给你。"我说。

心头开始觉得温暖起来。

温暖我的是这里的街道，还有这个店里的氛围。

这个店是昭和时代开的，肯定从那时起就一直是这种明快活跃的调子吧，几十年来从来没有间断没有改变过。它

1　以英格兰纽卡斯尔达勒姆出生的作曲家派迪·麦克艾伦为主唱的英国摇滚乐队组合。1982年首次登台演出，至今已经发行了8张CD专辑和2张畅销专辑。

的基台是以店老板为中心，由店员们每天默默地营造，再和客人们一起一层层涂绘起来的，显得朴实而又珍贵。

我们在一起的日子，也和它一样开始孕育起来。虽然不是什么惊天动地的恋爱，也没有肉体关系，像小学生那样单纯，又像是韩剧里的情侣那样淳朴认真。可我仿佛感觉到这个地方正在告诉我凡事不要操之过急。因为现在日本不管到哪儿，人都好像被谁催赶着似的。只有在这里，你可以悠悠然然、无拘无束，可以惶惑不定、踌躇不前，甚至可以让自己没出息地发泄一通。人不是任何时候都能够坚强的，也会有软弱没出息的时候，那就该什么样就什么样吧，每个人不可能永远都千篇一律啊。

而今，我仿佛能够从店里的柱子上、碗盘里，以及客人们满脸通红的皱纹中，听到这些平时难以听到的语句。

新谷君“凡事别着急，欲速则不达”的那句话，听起来好像也是在指我们俩的关系，这让我的心里松了一口气，因为我也不想在我们俩的关系上操之过急。

在颇具历史感的吧台上，摆着我们吃剩了一半的东西和喝剩了一半的酒。这些并不算美观的画面，却使我那已经放松下来的心情更加安定下来。

过了不久，母亲突然告诉我她已经开始打工了。

有一天晚上，因为工作不忙，我临时多出了一会儿休息的时间，于是我来到附近一家日本茶馆喝茶，一进门看到穿着和式围裙的母亲在那里干活。

“妈妈，你在这里干什么？帮忙看店吗？”

因为我没有看到店长艾丽，所以以为母亲在替艾丽暂时看一下店呢。

“不，我是在这里打工，从前天开始的。因为你总是回来得很晚嘛。而且以前我作为兴趣爱好，曾经专门学过冲泡煎茶，所以我想再重新学一学，万一突然需要的时候，我也能做得了。”母亲用一种平淡的语气说。

“哦，是这样啊……”我惊讶地不知说什么好。

不知母亲是不是也认真地写了简历？是不是也通过了面试呢？

"那，给我来杯柚子海带茶吧。"我坐下来说。

"配茶的小吃，来点儿什么呢?"母亲端来一个小托盘，托盘里摆满了各种各样可爱的小吃样品。

"嗯，我想要这种梅干味的米果。"我说。

不知怎么，觉得有点儿像小时候和母亲一起玩的过家家一样，竟有些不好意思。

而母亲却泰然自若，一副娴熟习惯的样子，转身进到柜台里面去了。只见她开始平静地准备茶具和小吃，正在这时，艾丽回来了。

"呀，是芳芳啊。我到底还是让你妈妈到我们店来打工了。"她表情沉静地笑着跟我打招呼，我也就不再去想那么多了。

艾丽很快就开始麻利地干起活来，不管我心绪多么复杂，店里却是一派沉静的氛围。这氛围仿佛已经在这里存在了几十年，早已有了生命，并一点点地增长着、延续着。货架上整整齐齐地摆放着各种茶叶，店里的人们都显得悠闲安适。炉子上烧着开水的声音和店里静静流淌着的音乐合在一起，成为一种独特的乐曲传进我的耳朵。

算了，这样也好。与其让母亲闷在家里百无聊赖地靠涂指甲油、漫无目的散步和读书来打发时间，还不如这样出来做点儿事更让人放心。不过，看到母亲在柜台里和艾丽小声说话时，仿佛又恢复到了以前充满活力时的样子，我嫉妒得竟有些胸口发疼。

难道母亲恢复了精神后，反倒让我感到困扰了吗？我不禁为这种想法所表现出来的幼稚吓了一跳。原来是我为了让母亲只属于自己，才把她一直封闭在那间和式房间里的啊！一旦她站在这里，母亲就成了大家的了。

我带着一种难以言喻的心情品味着母亲端给我的茶，茶甘甜可口。

我又一次意识到：是啊，时间终究会过去的……

我也应该更加振作起来才行，想逃避父亲死亡的阴影是没有用的，也不能再自哀自怜地觉得自己这么年轻怎么就遇到这种事。因为已经这样了，而且在这个世界上比自己惨的人还有的是。只是当人生的常态突然发生变故的时候，人才会变得六神无主、惊慌失措。但这种变故总是会发生的。

看着站在那里面带笑容、积极待客的母亲，我有一种久违了的感觉，心情觉得特别宽慰，那是什么东西失而复得的感觉，就像人们最初在建设小家庭时那种辛勤闪亮的东西，虽然还伴随着失去时的伤痛与凄美。

于是我心里暗自想：也许我应该就这样慢慢地把父亲忘记吧。而那些诸如追忆呀、上供祭拜之类的事，等几十年之后再做也可以吧。母亲工作时敏捷利落的身影，在现实生活中给了我莫大的安慰。而且桌子上插在花瓶中的小花，水壶中冒出的水蒸气，还有盛满了开水的银色热水瓶等等等等，这一切都给我一种切实的存在感，都在真切地告诉我：任何事都不必操之过急，慢慢来。

可是，并不是想那样做就能做得到的。在我的身体里，那个阴沉、固执、别扭的另一个我依然存在，依然时不时地会用许多乱七八糟的杂念来纠缠我。

过了不久，有一天午餐时间快要结束的时候，有个阿姨来到了我们店。

“我们只喝点儿茶，可以吗?”一位肤色黝黑的大叔说。站在他背后的一位陌生阿姨一直目不转睛地看着我。

“我们开到三点就休息了，可以吗?”我说。

“嗯，没关系。”大叔说。话里带着一些地方口音，却想不起来是哪里的方言。

好像是他妻子的那个女人，有一双大大的眼睛，非常漂亮，脸部的轮廓和立体感非常强，身材却出乎意外地结实高大，一副能干体力活的样子。看到他们手里拿着东京导游图，我想他们可能是来旅游的吧。

两个人要了咖啡，然后，小声嘀嘀咕咕地说了些什么之后，又合要了一份苹果派。

给他们端上苹果派后，我因为要做外面的清扫，还有晚餐的准备，需要待在厨房里帮美千代干活，所以没有留意他们在做什么。当我听到椅子移动的响声时，以为他们吃完了要结账，便从厨房走了出来。阿姨掏出钱，认真数了数之后，把钱交到了我的手上。我谢了她，以为他们该走了呢。可是，阿姨突然说："我姓中西，是从茨城来的。"

我暗自惊讶：天啊！原来是茨城的呀。

"我是来东京参加亲戚的祭奠佛事的，有些话想跟你说……是，是关于你父亲的。"阿姨说，"只需要五分钟，可以吗？我丈夫就在外边等着我，所以不会占用你太多时间的，有些事想告诉你。"

"好的。"我心情紧张地点了点头，回厨房去征询美千代的同意，美千代看到我的表情，二话没说就准许了。

阿姨就那样站在原地跟我说起来。

“外面的那个男人是我再婚的丈夫，而我的前夫差点儿被那个女人害死。”

我的眼前一阵发黑，那一瞬我切身体会到什么叫“人怕出名”了。人一旦出了名，好的坏的就都找上门来了。

“我们家的情况是属于殉情自杀未遂的那种，不过我们的夫妻关系却最终被这件事给毁掉了。那个女人，好像一直都在试图勾引男人一起自杀，在我们那里已经出了名。她在酒吧里陪酒，以来店的客人为引诱目标。她身上好像有说不上来的那么一股劲儿，能够引诱那些虽然长得好、教养好，却有着软肋的男人们上钩。当然被勾引的那些男人也不好。不过那个女人手段特别厉害，我前夫曾经跟那个女人同居过一阵子，不过早已经因病去世了，他的性命肯定是被那个女人给吸走的。这个世界上就有这样的人！”

“原来是这样啊……”

看到眼前也有着同样遭遇的人！我禁不住有些莫名的

感慨。

我甚至不得不冷静地想，被勾引的父亲也不好，实在是太笨、太蠢了。同时也觉得纳闷，一个女人竟然像黑洞的存在一样那么深不可测，这到底是怎么回事呢？我甚至不敢妄加猜测，因为她的存在离我的世界那么遥远，虽然她和我的确有些血缘关系。

“所以，如果可以的话，我想去你父亲的墓前祭拜一下。”

“不用不用，那怎么敢当。做祭奠佛事的时候，我会把您的心意转达给他的。”我说。

如果把这个人说的事告诉母亲，母亲肯定会被气疯的。

“可是，我心里总是过意不去。一想到竟然有人被她害死了，总觉得自己好像也有责任似的。”阿姨眼里满含着眼泪说，“如果可以的话，只需告诉我你父亲的墓地在哪儿，可以吗？我想去烧炷香拜一拜。仅此而已，我只是想求个心安。”

“别，那怎么可以……我现在脑子里很乱，很多事情还无法理出个头绪。当然如果您要那样做的话，墓地的地址也不是不可以告诉您。只是……”我说，“现在这个时候，请让我们家先安静一些。”

“我能理解你们的感受，我只是想独自悄悄地去看看而已，这样我的心里才能好受一些。不过如果……我是说万一你们想要去做祭奠佛事的话，在那边我认识这方面做得比较好的人，到时候请告诉我一声。”阿姨看着我的眼睛说道。

她那双美丽的眼睛里满含着泪水，从那双眼睛里我感觉不到任何不好的企图，只是觉得：这个人说的都是真心话。而且我能感觉到她已经从那个问题中解脱出来，现在过得很幸福。

“即便是去旅行也好，如果你有机会来茨城的话，请一定让我为你做点儿什么，表示一下心意，我住在鹿岛。你父亲走了，是因为我前夫逃过一劫活了下来。所以，我心里一直觉得很过意不去，甚至想，如果当初我前夫把那个女人一起带到另一个世界去的话，也许就不会再发生后来这些事了。”

“您千万别这么想，只能怪我父亲他太糊涂了。”我说。

“不，不是那样的。是因为我的前夫没有处理好与那个女人的关系，才牵连到了你们。真是不好意思，我一直觉得心里过意不去，看到新闻后，心里一直牵挂着怎么也放不下，就觉得也许去墓前拜一拜是唯一的方法了，正好今天来东京有事，就顺路过来问问。”阿姨说。

我把位于东京市区的父亲墓地的地址告诉了阿姨。阿姨和面色黝黑的大叔互相依偎着向车站的方向走去。

父亲……那个好人缘的父亲，哪怕替人焦虑得胃疼，也总是喜欢听人倾诉的父亲。“喜欢吃亏”用在他身上实在是再合适不过，因为他身上永远有那么一股愿意吃亏的劲儿。看来真的是这样啊！想到此，我心里一阵难受。

本来以为自己已经把所有的事都想开了。可是一想到父亲，依然会伤心不已。明明知道不管自己再做什么，他也回不来了，可是为什么却依然会出于本能地想要为他做点儿什么呢?

简直就像暗恋一个人似的，一心一意只想为对方做点儿什么，即使不被对方知道也无所谓，就是想帮他。

我终于还是忍不住给山崎先生打了个电话。

我紧紧攥着我的手机，是在车站南口前的星巴克给他打的。

我也奇怪为什么这个时候我的电话不是打给新谷君而

是山崎先生呢？虽然我知道，如果是新谷君的话，他肯定会很高兴地和我一起去茨城，甚至愿意和我一起去给父亲祭奠扫墓。可是我却不知怎么感到有些害怕，怕把我们的关系一下子搞得太亲密。

“喂，喂？”

山崎先生接起了电话，那熟悉的声音使我摇摆不定的心情一下子安稳下来，也让我为自己这么突然打电话找他感到有些不好意思。效果竟然这么显著啊！

“我是芳芳，您现在说话方便吗？”我说。

“没问题。怎么了？出什么事了吗？”山崎先生说。

“嗯，也没什么大事，因为不好对妈妈说，可是又想找人聊聊，所以就给您打了这个电话。刚才我们店里来了一个从茨城来的客人，那个人说，她的前夫曾经和那个女人一起殉情未遂过，后来，那个人的前夫因病去世了。那个人提出想去我爸爸墓前祭拜一下，我一犹豫，就把父亲墓地的地址告诉了她，之后又觉得也许不该告诉她，可是当时脑子里一片空白，也不知怎么就说出去了。现在我不知道自己该做什么，也不知道怎么做才是对的了。”我说。

说完之后，才突然意识到为什么我要告诉他这些呢？

像个傻瓜一样！这个样子就像是在追求谁时假装天真幼稚、烦恼忧愁，主动去找人家倾诉一样。可是自己的确是没有其他可以诉说的地方，而且只有山崎先生的话我能够听得进去。所以明知道这样做很蠢，却还是不由自主地这样去做了。我终于明白为什么父亲生前对这个人是那么依赖了。

想见到他这个人，想听到他的声音，只有这样我才能安心。因为这个人绝对不会说让我为难的话，他也从不让自己勉为其难。他总是在对自己的时间表和想法有了充分的把握后，才会提出切合实际的建议和帮助。

“祭拜？……为什么那个人要去祭拜你父亲呢？一个一点儿关系也扯不上的人？”山崎先生笑着说。

“她说因为她有一种罪恶感。”我说。

“哦，原来是这样啊。那个人的心情倒是也能理解。”山崎先生说。

我的心情慢慢地沉静下来，甚至连告诉了那个人父亲墓地的地址后自己那种说不出来的怪怪的感觉也消失得一干二净。

“如果你打算去墓地的话，要不要我和你一起去？因为，万一她是想劝你入什么教的话，会很令人讨厌的，对吧？你妈妈也会一起去吧？在那种人烟稀少的树林里也许有个男人陪着你们一起去会好一些，再说了我还可以开车带你们去。”山崎先生说。

我好高兴，因为我终于有了一个可以商量父亲的事的伙伴，当然新谷君也算一个。父亲的死，不仅使我的人际关系得到了扩展，也使我的生活增添了新的东西。于是，我暗暗发誓：我们不会被打倒的！

“我再考虑考虑，回头再给您打电话可以吗？很多事我想尽量不跟妈妈说，她现在开始打工了，好不容易恢复了一点儿精神。其实，跟父亲私下里相交甚好的朋友真的特别少。”我说。

新谷君是个干脆爽快且富于行动力的人，在和他的接触中，我渐渐知道了有些事情是不好跟他商量的。因为当你跟一个无论什么事都想很快得出结果付诸行动的人商量时，受其影响，会使事情的发展迅速得难以把握，不知不觉中就会变成自己都无法接受的一种奇怪的状态。这让我感到害怕。

“是啊，那个家伙性格比较阴郁悲观又特别认真，遇到事情容易想不开，所以朋友才比较少吧。”山崎先生笑了。

我也笑了，就像父亲活着时一样，天真地笑了。

虽然没有什么具体内容，也不是你一言我一语的对话，可不知为什么，和他说话却让我有一种心有灵犀的安心感，还有对方没有一点儿勉强之意的轻松感，以及对一个从不说违心话的人的信赖感。这些感觉贯穿于我们谈话的始终。我们共有着关于父亲活着时的美好回忆，我想大概我们俩谁也不想破坏这些美好的记忆吧。

“不如我们大家索性像去赶庙会一样一起去吧？我也很想去，一想到能做这些和‘芋头儿’有关的事，我就觉得特别安心。我们乐队其他几个成员还有一些合作伙伴每次见面都说想找个祭日给‘芋头儿’开一个追悼演奏会，作为对他的祭奠。当然这个追悼演奏会得等你妈妈心情恢复了，能够一起参加时才能举办。当谁也不会再流泪时，我们想把‘芋头儿’创作的曲子全部演奏一遍。相信大家的演奏肯定能让天国的‘芋头儿’听到的。

“对了，如果去茨城的话，回来时我们顺便去大洗水族馆看看吧？我和‘芋头儿’一样，也特别喜欢水族馆。在去外地演出的时候，一有闲空儿我们俩就会去水族馆，比如大阪啊、冲绳啊。”山崎先生说，“而且那里还有温泉。茨城，去吧，一起去吧。”

虽然我知道，他以这种快乐的口吻跟我说话是想来鼓励我。但是，他那率真的说话方式也显示了他内心天真开朗的一面，因此，我的心情也随之好了起来。我甚至想，哪一天我们三个人一起到那片树林里，去祭拜一下父亲，然后再去哪儿玩玩儿，那该是多开心啊。

“我也劝劝妈妈看。”我说。

入冬以后，露先馆的灯光和其他季节比，给人的感觉更多了一些温暖。

而今，虽然这个建筑物早已破败得快要倒塌了似的，但它每一个角落里的灯光都仿佛带着一种温馨，在寒冷的空气中浸润开来，让人感到温馨。我工作的雷利昂就在这个建筑物里，我喜欢这栋建筑，这个和普通居民住家同处一栋楼的店铺，使得大街的暗角也被覆盖上了一层温馨气息。无论是古老的窗玻璃，还是嘎吱作响的楼梯，都给人一种似曾相识的熟悉感。

包括居住在那里的一对夫妇的身姿也好，樱花树也罢，甚至色彩鲜艳的广告牌，早已凝聚成一种整体的印象，左右着那里的氛围。

当天空布满阴霾的日子，只要我一看到露先馆的灯光，心里就会有一股暖流涌上来。我为自己能在那栋楼里工作，能在那里感受着四季的每一个细微的变化和交替，感到无比自豪。

那天早晨去上班，一进门，就看到美千代正无精打采地坐在柜台前，低眉垂眼地整理着发票。她的样子很明显和平时不一样。

“怎么了？出什么事了吗？看上去你好像没有一点儿精神似的。”我说。

“据说这里要拆了，我们的店干到年底就不能再干了。”美千代目光呆滞地轻声说。

“啊？”实在是太令人震惊了，接下来我不加思索地说出了我的担心，“那这个店怎么办？还有我呢？”

这才发现原来我一直以为在这里的日子可以今日复明日，甚至一直延续到明年乃至……但我错了，如果不是听到美千代说的这些，我可能永远都不知道自己错了。

“我还没有想那么多，我也是今天才刚刚知道的消息。

虽然早就听说这栋楼老朽得太厉害，已经无法保存，没想到这一天终于来了。”美千代语气平静地说道。

“我一直以为这里是重要的文化遗产，会受到保护呢。”

我还体会不到这件事对我来说有多么重大，只是语无伦次地喃喃自语着。

同时我也惊讶自己竟然这么快就能接纳这种事态。从听到的那一瞬起，到心里留出接纳这件事的位置，再把这种感觉培养确定下来。任何事情难道不都是这样吗?

“我也是这么以为的，可是好像没办法了。听说这不是露先先生的意思，而是这块地的地主出于各种原因要拆。据说已经定下来了。”美千代说。

“是吗?……”我除了点头不知道说什么好。

美千代看着我又说:“不过我还是喜欢这里，客人们好像也喜欢这里，所以我还是想在下北泽开店。我想先休息一段时间，去法国转转，半年以后回到这里，然后再在这附近开个店。可能很难找到租金像现在这么便宜的店铺了。当初租这家店的时候，是因为这里要拆，房东才以特别便宜的价格租给我的。所以，再租的话，也许得租一间比现在小一些的。不过还好我也存了一些钱，没关系……不过，芳芳。”

“嗯？”我紧张地等着她的下文。

“如果芳芳愿意的话，新店铺我还希望你来帮我呢。也许薪水会比现在的少一些，但我会尽力给的。为了表示对你过去工作的感谢，在休业的这半年里，我再给你发两个月的工资。”

“真的吗？哎呀，我不是指薪水。”我说，“下一个店开张的话，我当然还去做。你做的美食还有下北泽我都喜欢，如果你不嫌我是累赘的话，我可以陪你一起去找新店址。”

“谢谢你。不管怎么样，我们在这个店铺关张之前，先什么也不想地竭尽全力好好干一场。”美千代微笑着说道。

“美千代，那个……旅行的事，你是和男朋友或者其他朋友一起去吗？”我问。

“不是，是我一个人去。我现在根本没有男朋友啊，而且这个时候也没有心思谈。不过，一开始到达和最后要离开法国的时候，我要到巴黎的一个女友家去一下。大概会在法国待上一两个月吧。”美千代说。

“如果可以的话，带我一起去好吗？以我现在的存款，可能去不了两个月，不过只要带我去几个主要的地方就可以了，我想知道美千代下一个店铺，会有些什么味道的菜。我不会说法语，可能会给你添很多麻烦，不过希望你考虑考虑。”我也没有细加考虑就说了出来。那一瞬，我把父亲的事全忘在了脑后，浑身充满了干劲。

“好啊。我是打算去法国后，前半段时间就住在巴黎的朋友家，后半段时间，我想从北到南地做一次法国穷游呢。另外，我还想到布列塔尼去看看，对普罗旺斯也很感兴趣。不管怎样，我想在法国期间，尽量把能去的地方都去了。所以，我刚才说的后半段这些地方，我们应该能够一起去吧？至于巴黎的部分，如果你能告诉我你的预算，我可以帮你找一家合适的旅馆，因为我朋友家很小，可能住不下两个人。”美千代笑着说，“就让我们好好地把那里又便宜又好吃的美食吃个遍，然后一起考虑新店的菜单吧。”

“嗯，那就拜托了。”我说。

我希望我们这不是撤退而是前进，否则该让人多么伤感啊！

“我很喜欢这栋建筑，一听说要拆，心里特别难受，更担心芳芳也会辞掉不干。现在心里轻松多了，也不再那么担心了，谢谢你。”美千代说，“这个吧台和这扇小窗，我也好喜欢，还有那个旧式的洗手间。虽然我们还能使用的时间不多了，但也要好好珍惜。让这栋建筑也像个有生命的东西一样，带着满足离开这个世界吧。我虽然会很难过，可是能在这里和这栋建筑相处，我觉得特别荣幸，因为在这栋建筑漫长的历史中，它把最后这段时间交给了我。”

虽然她用很平常的语气诉说着一件很平常的事，可是，我却觉得特别新鲜。

最近已经很少听到有人这样娓娓道来了。那是当一个人要和一个地方告别时，满含深情和热爱的话语。在这个世界上，这样的人越来越少了，所以偶尔接触到时，倒有一种安心感。

“我也帮你。”我说。我甚至觉得跟着这个人干，这辈子都不会后悔的。

不知怎么，一想到这些，心里竟有一种幸福感。如果我天天想的都是洗碗太辛苦了，起早太让人难受了，整天站着工作太累了，准备工作太麻烦了之类的话，肯定不会有现在这样的心情，而是一心急着自己独立开店，最后说不定会开成一个难以经营下去的店。是不是在我的内心里本来就有着那样潜在的机能，所以才会在一开始就能够认识到美千代的过人之处呢？

我觉得来到这里后，我变得越来越真诚，也越来越脚踏实地。最初还是一种短期观光的感觉，而今我却能感觉到自己正一步一个脚印地向前迈进着、积累着。

我每天走过的足迹，一次又一次地被印刻在大地上，就这样，在我内心里也渐渐形成了一条自己的路。两条路都在向成熟延伸。即使将来我死了，也会留下来什么的吧……我终于学会了这样一种思考和喜爱的方式。

这是在过去住的地方所学不到的。

因为在那个地方我还没能用自己的脚走路。如今当回到那时里，肯定会觉得难受、觉得怀念吧，可是那种沉重和阴暗的感觉也会一同涌来。

也许有一天当父亲的事情平静下来之后，那个地方才能真正被我称作是故乡吧。那一天终会来到的。

在这里我和母亲都不必说谎掩饰，可以活出自己来的时候。

唉，如果能够和父亲一起，一家三口在这里开始新的生活该多好啊！

那终究是一个无法实现的梦想了。

我的眼泪一下子涌上来，于是我赶快把头转向窗外。只见茶泽大街上人来人往，一片平静祥和。

我每天在浑身汗水、腰疼和手指倒刺中，勤勤恳恳地工作着，赢得大家的信赖，大致找到了自己的发展方向。还有一个不再勉强自己做贵妇人，而恢复了原来淳朴开朗本性的母亲。如果父亲能和面目一新的我们一起在这里生活，说不定会更加轻松愉快，从而人生又有了新的篇章吧。

为什么人只要活着，身体就会自动产生这种修复的机能呢？

可这不正是它的伟大之所在吗？人是可以被自己的身体拯救的！

今天，母亲也和平日一样置身于日本茶馆那和式风格的空间中努力工作着，用这种她从来没有做过的消耗体力、整天站着的工作，让胃有饥饿感，让身体有疲惫感，然后和身体的新陈代谢一起，一步一步地向前迈进，慢慢地把父亲抛在脑后。

残酷的是在我们现在的生活中没有父亲。再过半年，我将到一个从未去过的国家，在那里将会有更多新的刺激，将朝着新的味道，向前努力吧。

当然，也有些东西永远都不会改变。记忆中那些令人怀念的色彩、味道以及各种各样的场面。

不过我知道这些是无法再用身体去感觉回味了。比如过去趴在父亲背上时闻到的味道，虽然再也闻不到了，却可以在回忆中去回味。

活着，为什么竟是如此活生生地残酷?

我为自己开始意识到这些而感到惊愕。

失去的终将逝去，永远都不会再回来了。

相反，过去对我来说那么陌生的雨中茶泽大街的味道，现在却越来越熟悉了。

在晴朗的天气里，经常看到很多年轻人一边沿着车站南口商店街溜达一边聊着天。我也渐渐熟悉了穿过这些熙攘的人群走向车站时那独特的氛围和感觉。

就说新谷君吧，在半年前我还不认识他呢，也许对方稍稍知道一些关于我的情况。可是对于我来说，那时他还完全是一个陌生人。

我努力想忘掉父亲，一心向前看，而拼命地工作着。但身体却不理会这些努力，早已自觉乖巧地融入了现在这个环境当中，以至我都无法再去抱怨那个糊里糊涂被拉到了另一个世界去的父亲。自然忘却的同时，有些东西也自然地残留了下来，这些残留下来的东西深深地隐藏在身体的某个地方，因为它们不会以同样的速度消失，所以终究会不可避免地产生隔膜。

我该怎么做才能彻底地放下呢?

我并不想按照那个阿姨的提议，大家相约着一起去父亲的墓前做一次祭奠法事，也许那确实是一种比较正规的仪式，可我无论如何也无法想象我和母亲跪坐在那片寂寞的树林里双手合十祈祷祭拜的样子。反倒是我和山崎先生还有母亲三个一起去大洗水族馆的画面，对于现在的我来说更具真实感。如果说安魂的话，那么现实生活本身就是一种安魂仪式，没有比这更真诚的祈祷了。

那件事之后，我和母亲不再浪费自己的时间和生命，我们不再试图去弄清一些东西，或者为了弄清一些事情而绞尽脑汁。因为我们知道与其如此，不如尽自己所能去一点一点地编织新的生活。

就这样，有一天下午，我和新谷君约好在新宿见面。

我们一起去了康兰家居装饰专卖店（THE CONRAN SHOP），这有点儿像是陪他买东西的约会。也许是因为已经很久没有这样的约会了的缘故，我甚至有些不自在，穿着连衣裙站在那里，我恍惚有一种站在舞台上演戏的感觉。

站在大楼的一楼，看着混在人群中的新谷君踩着光可鉴人的大理石地板向我这边走来，身上穿的那件大衣的下摆随着他的步幅飘逸地摆动着。不由得感慨，看来我是真的喜欢上这个人的长相了，无论哪里、无论怎么看都找不到厌恶的地方。尤其是能够显示他那大胆沉着性格的眼睛和嘴角，更让我迷恋。即便是现在这种时候，我依然会有自己这个年龄的女孩儿应有的心动。如果是在合适的时期相遇，不知我会陷入怎样一场苦恋呢。

我看着他，就像一个有家室的男人看着一个自己深爱的女孩儿一样，心里充满了哀伤和无奈。我知道现在的自己和他不般配，可是如果地点和时间都对的话，我不知会怎样为他燃烧呢。当然也不能说没有一点儿余地，说不定能够相处得很好，只是有种相见恨晚的感觉。我想，当一个人到了中年遇到了自己的初恋，又重新开始交往时，是不是就是我现在这种感觉呢？就是那种感觉：心没有变，可是既然相爱，不如是在年轻的时候，可以不去瞻前顾后地彻底爱一回。

新谷君哪里知道我这种复杂的心情，只见他一看到我就高兴地笑着加快了脚步。

“最近有次停电时，我不小心绊了一跤，把咖啡洒在了沙发上，正好趁机买个更好的，这也是我梦寐以求的。原来那个是从我父母家搬来的合成革的，实在是太差了。”新谷君说。

“我好像是第一次听你说起你父母家呢。他们住在哪儿？新宿附近吗？”

“不是，是住在日暮里那边，我父母在我上大学的时候离了婚。现在我母亲住在神户她娘家，只有我父亲住在原来的家里，但是，因为他和别的女人再婚了，所以现在他是和那个女人一起住在那里。”

“是吗？我父母在我小时候曾经在谷中住过，那里离日暮里不远吧？”我说。

“真是巧啊！那个时候的事，你竟然还记得啊？”新谷君说，眼里闪着兴奋的光。

“哪里啊，那时我还是个婴儿呢。”我回答说，反而为自己那时还没有记忆觉得有些过意不去。

“是吗？那个地方特别祥和安静，我特别喜欢。那里有很多寺庙，坡路也很多，下次我们去那里转转吧。”新谷君说。仿佛自己就是那里的人，所以才特别喜欢那里似的。

“我们家原来租住的小屋不知还在不在，回头我问问我妈妈。”我回答说。

我以为他没有经历一点儿苦难就子承父业了呢，原来这个世界上没有人是一路顺遂的啊。我不由地感慨：是啊，虽然看起来我们家状况悲惨，可是父母既没有离婚，家庭也没有分崩离析，也许从这种意义上说我们家还算是一个感情和睦的家吧。

为了和新谷君的房间色调相配，我们一起挑选了一个质地厚实的蓝色布艺沙发，很漂亮。我们商量着："还是深色的好吧，不容易显脏。"俨然就像一对夫妻。

"价格比我想象的便宜多了，今晚我请你吃饭。"新谷君说。

"不用不用。只不过和你一起挑选了一下而已，我又没有做什么。"我说。

“不能这么说，因为每次去你们店总是你给我端来美味的饭菜。”新谷君说。

“那是美千代做的呀。”我笑了。

“我家附近有一家味道特别好的韩国料理店，我们去那儿怎么样?”喜欢美食的新谷君笑眯眯地说。

“好吧，反正今晚妈妈打工要到很晚。”我说。

“你妈妈在打工啊? 在哪儿?”新谷君一脸惊讶地问。

“就是花店对面的那家茶馆。给客人沏沏日本茶呀，照顾照顾店里的乌龟呀什么的。”我说。

“下次我装着什么也不知道的样子去看看。真是太好了，今后要是想井本母女了，只要去下北泽就都能见到了。”

“那可不一定哦。说不定我们逃得更快呢，我们又没有什么财产家具，说搬走就能搬走了哟。”我笑了，接着说道，“不过，即使是现在，我依然有一种特别不可思议的感觉。比如说，需要出门买点儿东西，拿上钱包去二十四小时便利店，走出家门来到茶泽大街上，就会奇妙地有一种在旅行中的感觉，那感觉就好像是在观光地外出买点儿东西一样，无依无靠，却又自由自在。

“很久以前，在我特别特别小的时候，那时我们家已经搬到目黑了。有一回，我父亲带着我坐公共汽车来到了下北泽车站南口的商店街。因为那里实在是太热闹了，我就问父亲，这里是不是在开庙会呀。父亲说不是，每到星期天，这里总是这样。然后紧紧地拉着我的手一起逛街。商店街上的小装饰在风中“叮叮咚咚”地响着，与人们嘈杂的声音混和在一起，像音乐一样流淌开来。当我们一起喝着茶看着眼前那种热闹的景象时，就像在国外观赏当地的狂欢一样。父亲买了几张胶版唱片，也给我买了一个小钱包。

“不过是一个平平常常的日子，一段普普通通的记忆。可是因为那天商店街像庙会一样的热闹氛围映衬在晴朗的蓝天下，加上父亲的心情特别好，给我买的钱包我也一直用了很久。所以这一天就成了我特别珍贵的记忆。

“现在，当我偶尔抬起头看着天空，也会产生和那时一样的感觉，就像旅行一样，于是就会不由自主地想：人啊，终究不可能和同一个人永远在一起的。不过现在我们实际就住在那儿，当我带着这种漂浮不定的心情走在街上时，偶尔会和某个认识的人相遇。那时，即使是稍微点个头打声招呼，或者停下来说几句话，也会让我感到安心。

“而且，那天被父亲牵着手的感觉比任何事情都更深地刻在了我身体的时钟上。同样，它也被刻在了那条街上，因为那条街曾经目睹过这一切。那记忆一旦刻印上去就永远都不会消失。”

“是吗?”新谷君说，“那么，即使是离开后又回来了，那些印刻下来的东西也同样不会消失的。对吧?”

“嗯，大概即使我失去了记忆，刻在这里的印记也不会消失的。即使是父亲死了也一样。

“场景这个东西，只要你把深思寄托给它，它就会有记忆下来的力量。即使寄托了深思的人死了，那记忆也不会消失。那感觉就像是刻在CD盘上细细的纹路一样。”我说。

对于我来说，目黑那个家就是一个让我度过了强烈青春反抗期的地方。

那个时候我实在是太不懂事了，开始觉得曾经那么天真无邪地深爱着的母亲讨厌，有一阵子甚至连碰都不愿意让她碰我一下。羡慕别人家的父亲能够按时回家，于是就觉得别人家什么都好，甚至连草坪都比我家的绿。这些东西那么浓厚地堆积在我的心里，对于我当时的年龄来说，的确是太沉重了。所以那里自然也就成了度过我心情最灰暗时期的地方。这大概也是我无法把那里看作是故乡的一个理由吧。

当然，如果有一天我和新谷君互相厌恶得连话都不说的时候，下北泽这个地方在我眼里大概也会变得灰暗无比吧。如果美千代把店开在了青山的话，也许我会搬到青山去，那时所有的一切都将随之发生改变。

身处大都会，有很多迷失的东西，其中之一就是忘记了个人力量的强大。

比如，一个设在大楼里的书店，肯定会有一两个特优店员，如果这个店员调到了别的分店，大家肯定会觉得少点儿什么，会很不适应。但正像我母亲说的，店里很快就会招进新人，书店会照旧经营下去。大城市的人大概正是因为适应了这些才会有安心感的吧，会觉得这个世界离开了自己照样不会改变，公司不会倒闭，商店街照样会正常运营。

但是，人，有时仅仅这些是不能满足的。

最近，特别是因为父亲的过世，他的乐队被解散之后，我开始思考个人力量这个问题。思考那个无可替代的、一旦那个人不在了也就结束了的力量，那个虽然支撑了很久，但终有一天会结束的力量，还有现在涌上来的那种想要好好品味现在生活的力量。

尽管对人们常说的“今天只有一次”这句话，我总是不太理解。可是当某个人从这个地方消失了之后，就会自然而然地怀念起那些无法重现的以前和那个人在一起时的每一天。于是我明白了，人的感受能力是有一定局限的。即使知道地球有一天会毁灭，但不到那一天就不会有那种感受。虽然这话不太吉利，但是一想到下北泽有一天也会消失，我就会感到惴惴不安。大概就是这样吧。

如果那个总是热闹兴隆的泰国料理店有一天少了美雪，如果再也看不到在窗边颠动着炒勺的那双纤细的手臂，那种熟悉的味道大概就再也不会重现了。大概连店前那些草木也会枯萎吧；假如她丈夫阿哲有一天因车祸什么的突然去世了，那么，那些饭菜的味道肯定也会变得寡淡无味吧。在夏季傍晚的时候，每当从她家那五彩缤纷的料理店门前走过，我都会闻到从店里飘出来的饭菜香味并听到他们做菜的声音。那时，虽然我没有去过泰国，却对泰国有一种怀恋之情。当他们店的黄色灯光随着夜色的降临而渐渐浮现在人的眼前时，就会让人产生一种想回家的念头。当你进到店里，看到他们俩笑脸相迎的瞬间，那种在夜幕降临时所产生的寂寞和孤独的情绪，就像被施了炼金术一样，转瞬就变成了同等分量的幸福感。这种不可思议的魔法，只是因为在这个世界上有着这么一对恩爱和美的夫妇，才会产生的。

如果那个二手书店里没有了阿羽的身影，那么大家在经过那家书店时，就不会特意拐进去看看阿羽是否安好了吧。在大家眼里，那些木制的地板也好，总是挂着很多奇妙装饰的走廊也罢，都像是店主人自己的家一样，让那些寂寞孤独的人们不由得想进去待一会儿。

还有，如果那只乌龟没有艾丽每天精心的照料肯定早就死掉了吧。那些茶壶茶碗大概也会失去应有的光泽，看上去再也没有了生气吧。

雷利昂也一样，如果美千代随便让谁来做菜的话，那么，那道名菜——蔬菜沙拉，就不会是由那双巧手清清爽爽地做出来，而会因残留的水分弄得黏黏糊糊的。同时这个店也很快就会变得土里土气、肮脏不堪，从而给人一种陈旧破败的感觉吧。

如果有一天，母亲常去的那个酒吧千鹤姐不做了，那些无处可去的中年人大概会忧郁地叹着气，眼中的街道也会变得黑暗阴郁起来吧。

这到底是怎么回事呢，所有的一切都是由每一个人的个性构成。我不再想知道这可怕的事实了。

因为这意味着我将会知道自己责任的重大。只要长期干下去，终究会有一天，很多人会是冲着我的笑脸来我们店，虽然不是一家人，却会像家人那样信赖。那么美千代做的菜的味道和我接客的热情就会成为双重的理由，吸引更多的客人来我们店就餐。

一想到这壮丽的远景，竟有些眩晕的感觉。原来这么好的事大家竟然都能装着不知道啊。

吃晚饭前，为了借几盘CD，我们先拐到了新谷君家。

这，是不是就意味着……我们的关系可以再加深一步呢？

我们在一起已经很长时间了，常常会很自然地挽起胳膊，或者拉起手来。两个人在一起的感觉越来越熟悉也越来越融洽，甚至当我自然地站在他家门口时，连我自己都觉得惊讶。

我觉得新谷君好像也有点儿紧张，但毕竟是他自己的家，所以他既没有犹豫，也没有多想多问，就利落地掏出钥匙开了门。

首先映入眼帘的是一个音悦（TIVOLI）牌木制小型组合音响，看上去非常可爱。我说："我一直以为你家会有一个配置着特大音箱的组合音响呢。"新谷君笑着说："因为房间太小了。"

这间房子比普通的一室两厅要大一些，他的生活比我想象的要简单质朴。木制地板擦拭得光可鉴人，没有一点儿灰尘和霉味儿。厨房给人一种常常在使用的感觉，锅灶也不是光洁明亮烟灰不染的样子，一看就是常常自己在做饭，感觉他很会生活似的。窗边摆着一盆酒瓶兰，叶子柔柔地垂下来，映出了奇妙的剪影。

已经很久没有踏入男孩子的房间了，这种独特的感觉到底该怎样形容呢？就是觉得："这里不是我的家，是有着一定距离感的男孩儿的家。"有一种疏远见外的感觉，这种感觉不管到什么时候都无法消除。

"喝茶？还是咖啡？"新谷君问。

"可以给我一杯咖啡吗？"我说。新谷君马上拿出了"马尔代夫"店的袋子，看到它，我立刻变得轻松自在。他操作咖啡机冲调咖啡的动作特别娴熟麻利。

"你做咖啡的动作可真够利索的啊，都想把你挖到我们店来做了。"我说。

新谷君笑了，说："再多进一个人的话，薪水会给得更低吧。再说了，你在店里做得那么好，我去了好像也没什么可做的。还是算了吧。"

那条街道、那个店，已经那么好地融进了我们中间，没有比这更让人感到欣慰的了。我一直以为自己只是一个人茫然地生活着，却又觉得确实还有这样一个人在身边，并且在我们之间每天都有什么东西在恰如其分地滋长着。

我就像在某个女友的房间里一样，轻松自在地慢慢喝着咖啡。

新谷君把他推荐给我的CD一张张地从柜子里拿出来，说要借给我。有几张他觉得我可能也会喜欢，可是上次新谷君给我听了一张他非常推崇的CD，说是那个乐队刚在他的Live House开了一场演奏会。说实在的，我听了觉得很一般。从小听着音乐长大，我的耳朵在鉴赏音乐时变得非常苛刻，所以在我听来，这些年轻人的演奏有些过于单薄，而他们演唱的方式和歌词也都太孩子气了。可是看到新谷君一心认定他们会红的高兴样子，我便无法再把自己的感觉说出来，只好装着聚精会神的样子听着音乐。

仔细想来，在和男孩子的交往中，我好像从来没有过想说什么就说什么的时候。每当我认为没必要非得说出来而选择沉默时，总是会给人一种随便怎么误解我的意思都无所谓似的印象。或者还是因为年轻使然吧。

在音响架上，有一张新谷君小时候的全家照。背景是抬神轿和露天小吃摊等热闹的庙会场面。

“这是哪儿的庙会呀?”我问。

“是诹方神社，从那个知名的烤米饼店旁边的路拐进去，有个高台，高台上就是神社。那里每次举办盛大的庙会，我和母亲都会天天去逛。晚上爸爸下班回来后，我们一家三口常常逛到很晚才回家。在那一带应该算是规模相当大的庙会吧。在那个神社的后面可以看到那一带的街景，至今我还会梦到那些景象呢。那时，和著名的根津神社的庙会比，可能我更喜欢这个庙会吧。”新谷君说。

“那时候，你们一家三口感情一定很好吧?”我说。

同时心里暗想：那时他们家是不是和我家一样呢?照片上，新谷君夹在父母中间，被父亲紧紧抱着。看上去像是被当作小皇帝一样守护着。

“我们俩都是独生子女呀。”

“是啊，正因为是独生子女，所以当我们离开家开始独立时，我们的家人也都相应地不得不独立了吧。你们家的情形大概不只是独立那么简单，我们家则正好是这种感觉。不过没有谁的人生是一帆风顺的，只不过我家遇到的变故不是突然的，而是属于比较自然的那种情况罢了。”新谷君说。

“在我小的时候，我们家的确很和睦。我们家住的地方属于小商贩手工业者居住的地区，在外边吃饭喝酒价格比较便宜，所以我们家经常在外面吃饭。当然，也无非是炸猪排呀、中华料理呀这些很平常的东西。从这个神社走下去下一个坡就是商店街，那里总是很热闹，卖的熟食小菜也都很便宜。每到傍晚，母亲总是拉着我的手走下那个坡去买熟食。从台阶上可以看到街道的热闹景象，那里永远都像是在过节一样。”新谷君说。

我心想，听着你的回忆，听你讲小时候去过的商店街，这些虽然感觉也不错，但也仅仅是想营造一个“感觉不错”的好气氛而已。现在这个时候，我并不想再增加我们感情的浓度。不知为什么，我竟绝望地认为我肯定不会有跟你母亲见面的那一天。我知道我们今后会有上床的那一天，可那又怎样？又能改变什么呢？

我觉得，我们都太年轻了，今后我们将要面对的，有太多的不确定性，不可能永远都像现在这样平和安静。就像我们各自的家庭所遇到的那些变故一样，像我们这样淡淡的美好的恋情，一旦遇到狂风暴雨，肯定立刻会被吹得无影无踪。

所以算了吧！家庭也好，回忆也罢，那些和未来有关联的话都先收起来，因为这些已经让我眼前发黑。本来平常我是不会这么想的，可不知怎么，这时我却觉得那一切都太遥远、太麻烦、太过于周全了。

不过，当我这么想的时候，刚才还让我觉得不以为然的那些新谷君推崇的音乐，那些年轻人的演奏，突然间好像变得美妙起来。那甜美温柔的旋律围绕着我，他们所歌唱的青春的忧伤和找不到出口的苦恋，突然触动了我的心弦，让我震惊不已。的确，他们是一群有才华的年轻人！说不定真的会火。原来新谷君是站在与我不同的角度上，在理解和捕捉音乐啊！

曾经在一瞬间对新谷君产生的失望，一下子融进了那些乐曲的精彩中，消失不见了。

主唱那富有特色的嗓音是那么温柔，让我这个正沉浸在消极情绪中的人也不由得倾耳静听。

或许是误解了我的沉默，新谷君突然抱住我。

我们的初吻就这样被我矛盾的心情蒙上了一层不协调的氤氲。但也让我意识到：啊，新谷君毕竟是个男孩子啊！因为我可以从彼此的身体反应上感觉到。不管怎么说，我们毕竟是在恋爱，有着鲜活的欲望，即使我的心已经死去，可身体依然在活生生地渴求着异性。

吻过之后，新谷君依然静静地抱着我，我能听到他的心跳声。这让我感到：这里确实有个人陪伴在我身边。而接下来的一瞬我却又想起了尸体。我不是以为自己完了、彻底死掉了吗?

不行，一想到自己还无法进入恋爱状态，眼泪差点儿流下来。

“今天就到此为止吧。我想你现在的状态大概还无法谈恋爱吧。”新谷君说。

“唉，让你这么一说，我突然觉得特别不甘心。”

我笑着抬起头，泪水不由地婆娑而下，很狼狈，丝毫没有美感。不仅仅是泪流满面，而且表情肯定也很难看。

“我不会刻意等你，毕竟我也是男人。不过不急，反正那条街和那些商店又不会跑掉，你也不会消失不见。”新谷君目光温柔地说。

“你这么清心寡欲啊?”我说。

“怎么会?我可是猛兽哦，甚至常被人说性欲太强呢。”新谷君笑了，那是成熟男人的笑容，我想他也许不是在开玩笑吧。

“下次在这里过夜吧。”新谷君又一次紧紧地抱住我，两只手有些霸道地紧紧贴在我的后背上，我却并不觉得讨厌。

"嗯。"我说,"反正又不是被谁强暴了,我没事的。"

"不,你们母女的遭遇难道不比那更残酷吗?甚至你们恨对方也是理所应当的。"新谷君冷静地说道。我很感激他的善解人意。

"我们已经充分地恨过了,至今为止,在我们平凡的人生中,还从来没有这么憎恨过一个人。一想到那个女人,我的眼前就漆黑一片。"我说。

"你就是再恨她也是应该的。你就是人太好了。"新谷君说。

我心想:是吗?

当然,我们也曾经恨得咬牙切齿过,但现在我已经慢慢地能够稍微客观地去思考了,那个女人也曾经遇到过很多波折和不幸吧。情侣之间的事往往是双方的责任,并非只有父亲是受害者。因为不是发生在我自己身上的事,所以我实在不能理解她为什么那样去做。难道是因为有了一次殉情未遂的经验后,上瘾了吗?除此之外我无法再找到别的答案,我也不想去找了,就算找到的话我能受得了吗?我那年轻而悲惨的生命力因愤怒而感到一阵阵痛楚。

我们来到新谷君家附近那家以美味著称的韩国料理店，找了一个和式包间坐下来。在轻松舒适的环境中，我们一边吃着美味的韩式豆腐煲、泡菜拼盘和盐味烤牛舌，一边聊着。

不知怎么，我们两个人一起吃饭时，感觉我好像总是在吃小菜，而新谷君却总是像行云流水一样吃得欢畅。每当我觉得已经吃饱了时，对他来说也许这些还仅仅是前菜而已。万一将来一起生活，这个家伙有一天是不是会吃成一个大胖子啊。一想到这些，刚才接过的吻就完全失去了真实感。而且我是在连自己也没搞清楚到底是否在和他谈恋爱的情况下，就自然而然地跟他走到了这一步。

“嗯……新谷君。”我说。

“什么？是想要牛排五花肉吗？”新谷君一边看着菜谱一边很自然地问道。

我觉得他那样子特逗。

我想这应该不算是霸道，而应该算是教养好吧。

“刚才，你说以我现在的状态还无法谈恋爱。你的意思，嗯……是不是想要跟我分手啊？还是觉得我们根本就不算正式交往啊？”我问。

“唉，怎么说呢，这些话，如果是从别的女孩儿嘴里说出来的话，说不定我会觉得很反感，可为什么一由芳芳说出来却一点儿都不觉得呢？”新谷君说。

“我怎么知道啊。”我说。

“哎，到底是为什么啊？”新谷君这次满脸认真的表情说，“我的那些话，可不是你想的那种意思啊，只是刚才说完就觉得哪里有些不对。哎，我不是那个意思啊，不是想要分手的意思。”说完，脸涨得通红，那样子很可爱。

“其实，刚才我是觉得如果那么快就上床的话，你可能会突然特别讨厌我呢。”

“我觉得应该不会的，即使今后因为什么分了手，我也不会讨厌新谷君的。只是我现在不管做什么都好像没有激情似的。”我说。

“那，下次你一定要在我这里过夜啊。因为我怎么想都觉得无法在芳芳家里过夜。”新谷君笑了。

看着他，我心里暗想：为什么这么丢人的事他竟然能这么满不在乎地说出来呢？唉，这个人平时身边肯定没有缺过女人吧，肯定是特有女人缘儿的那种人，所以这些对他来说早就习以为常了。可他为什么还要和我这么一个不解风情的女孩儿在一起呢？

这家料理店里有很多携家带口的客人，经营者也是一家子。在厨房干活的是婆婆和媳妇，公公和儿子负责在外面餐厅里待客，他们声音洪亮却态度和蔼地相互确认着客人们点的菜。整个料理店就像是一个大家庭一样，在夜路上散发出温暖的光。

置身于这样的氛围，我暂时忘掉了过去的不幸。

我怔怔地想：身边有个准恋人，和母亲的感情很融洽，工作也上了一个台阶，也许我现在的状态已经算是相当幸福了。在烤肉的香味中，在人们普普通通的谈话声中，还有这可以让人一时忘掉日常烦恼的时间所特有的开放感中，这种感觉更是一点一点地涌了上来。

“来份烤羊肉吧，这里的羊肉比一般店里的好吃多了。”

新谷君率真地说。

“我觉得我肯定能烤好，因为我每天都特别仔细地观察着美千代是怎么烤肉的。”我笑着说。

我们要了份上好的羊肉，一起等着服务员端上来，然后一起认真地烤着、开心地吃着。

在这个过程中，我的精神也充分享受着这满含幸福的氛围，品味着这久违了的快乐的感觉，心里充满感激。谢谢，新谷君，谢谢你找到我，尽管之前我一直是“谁也不去注意，就让自己静静地”过着自己的日子来着。

母亲也慢慢发生着改变。

自从她做了那个接触人的工作以后，我感觉她好像整个人都突然变得精神了。有一天晚上，我看到母亲竟然在做面膜，这可是她已经很久都没有做的。而且还是她过去常用的娇兰保湿面膜，价格相当贵。

“哇，不错嘛，妈妈。看到您敷着面膜的脸，真让人觉得既熟悉又怀念。刚买的吗?”我刚一问，她马上就否定说:“哪儿呀，这是我回目黑拿过来的，想起来好像快要过期了，所以赶快跑回去拿了过来。”

我想，是啊，母亲现在为个面膜也可以跑回那个家里去了。

“终于觉得沉静了下来。在这种生活中，也终于开始意识到要保养自己的皮肤了。虽然心态还像学生一样，皮肤的状态却已经是中年人的了。”母亲笑着说。

“这是好事啊!”我说。

“昨天花大钱去做了个美容护肤。就在这条街上，那家叫Tomod’s的药妆店三层。是那种类似贵夫人们常去的高级店。”

“太棒了。妈妈你又像过去一样了。”

“我在那儿做了一个用机器把脸神奇变小的按摩。你看看我的脸是不是变小了?”母亲有些得意地问。

“让你这么一说，好像是觉得下巴那个地方变得有些紧致了呢。”我说。母亲的脸的确不再像以前那样给人一种松垂的感觉了。

“是吧?”母亲笑了。

“虽然应该节省着过日子，但至少半年也得去那种地方做一次美容护肤才行吧。”

“那有什么呀，再说了，妈妈不是也在打工吗？肯定没问题的。”我说。

“来我们店的那些客人真的很好，忙的时候，来店的客人会主动表示愿意等。当然，因为是工作嘛，难免会遇到讨厌的客人。不过艾丽总是能够应付自如，所以我才能安心在那里工作。而且在那里打工的人都是做了很长时间的，这都是因为我们老板人好的缘故。”母亲说。

母亲没有提到父亲，我知道这并不等于她已经把那件事彻底放下了。可是，看到她在努力让自己重新站起来时那股顽强劲儿，依然让我感到震惊。我不禁觉得：自己与其每每遇到事就哭泣躲避，不如把那些时间利用起来做点儿什么，让自己振作起来。也许这就是失去了父亲和失去了丈夫之间的差别吧。

过了一段时间，有一天晚上，我偶尔休息在家。母亲突然回来了，一进门就跟我说："我想回目黑的家去取那个喷雾式美容器。"我便跟她一起回去取，已经很久没有这样两个人一起回目黑的家了。

久不住人的家，显得很冷清。

先不管有没有所谓父亲的幽灵，当用钥匙打开门的一瞬，那寂静清冷的气氛顿时扑面而来，人就像是要走进噩梦一样。一踏入玄关就能闻到过去家里那熟悉的味道。脑子里浮现出这个家还有生机时的样子。所有的一切都停滞了。

母亲矫捷地脱了鞋，进屋去开窗开灯。

我走进那间过去属于我自己的房间，拿了几本食谱和小说，准备带走。然后又把从下北泽拿来的看完的书和夏天的衣服整理了一下，分别放进了书架和衣柜里。

就在做着这些事的时候，我依然有一种被什么东西追逐着的感觉。我一次又一次地回头看向钢琴的方向，暗自期待父亲的幽灵真的会出来，然而却没有。甚至感受不到他存在的任何迹象，整个房间显得空空荡荡的。

我禁不住自问：我真的在这里生活过很多年吗？无论

是手和脚，还是眼睛，都还那么清楚地记得在这个房间里所有的触感——房间里的味道，到门把手的距离，即使是急匆匆地穿过走廊，也从不会撞到墙壁，甚至在熄灯后，摸着黑也能找得到厕所的位置。这些都带着一层奇妙而浓重的阴影，令人怀念得甚至胃都在抽搐。然而，这个地方却再也不属于自己了。回忆被一层层涂抹上了硬壳，令我痛苦得无法呼吸到眼前的空气。不管看到什么，那里都会立刻覆盖上成百上千张回忆的影像胶片，那些影像浓密地重叠在一起，变得模糊不清。简直要命！我觉得自己就像是待在棺材里一样。我终于彻底明白了为什么母亲一个人在这里的生活变得那么痛苦不堪，从而不得不跑到我那里去住了。

母亲把那些化妆品塞了满满一包，拎在手里站在我房间门口说："芳芳，本来想说，已经好久没有吃这里的法国菜了，想跟你一起去吃呢。可是这里的回忆太多了，实在让人痛苦不堪。白天我自己回来时还没觉得怎样，也许是有人陪着一起来的缘故，人一下子变得特别脆弱，就更觉得寂寞难受了。"

我知道。我带着深深的理解拼命地点了点头。

“我们回去吃咖喱饭吧?”母亲说。

“同意！今天那个店开门吗?”我笑了。

我们俩说的咖喱饭，只有固定的一家，那是一家很有名气的小店，店面装修得像小木屋一样。离我家走路大概也就五分钟左右。

“嗯，我刚才确认过他们店的招牌了，今天开着呢。芳芳想吃什么?”母亲说，“我今天想吃蘑菇咖喱。”

“我想吃很辣的那种蔬菜咖喱，而且想要大盘的。”我也认真回答道，心情一下子变得开朗了。

“也不知为什么那家店的咖喱那么好吃哦。好像有多少米饭都能吃光。足量的咖喱汁浇在米饭上，好像要从盘子里溢出来似的，看着就让人觉得丰盛。而且光是店名里有了‘茄子’这个字眼，就总是给人一种很甜蜜很好吃的感觉。”母亲笑着说。

在这个家里已经多久没有看到过母亲发自内心的笑了啊！我感慨不已。以家里白色墙壁为背景的母亲的笑容，竟是那么令人怀念。

“那我去那边打扫打扫房间，你忙完了叫我一声。”

“嗯。”

虽然是很普通的日常会话，对于我们俩来说，却是相互平等以待的决定性瞬间。这完全是一种不期而至的感觉。

想回去，想回到那边去，想去那个拐角处的咖喱店吃饭！想念那种感觉——那种拐过弯看到小店招牌在街角处出现时安心的感觉。还有当你推开木门，走进安静祥和宛若好友家的小店，看到默默做着美味咖喱的夫妇以及有些笨拙却诚实可爱的店员时那种安心感。这些都是那么令人想念。

在我们俩的内心里，肯定都在为彼此有着同样的想法而感到吃惊吧。说不定会觉得对方也许想在这附近找一家过去常去的店去吃饭，却为了照顾对方的情绪而没好意思说出口吧。否则怎么会这么巧，两个人的感觉完全相同。

说到我们现在住的地方，时间就像被我们抓住了一样，又回到我们的手中。沉重的气氛一下子变得透明开朗，那也是我们明确决定离开这个家的一瞬。不再有任何犹豫和留恋，我们清楚地感觉到：我们已经没有留在这里的必要了。

我们拎着行李，匆匆忙忙地准备出门，当我正在穿鞋时，母亲好像突然想起了什么似的，说："芳芳，虽然我觉得特别不情愿。可是……"

我点了点头回答："是爸爸的照片吧？可以呀，带走吧。"

我知道她说的就是这个，因为我有着和她一样的想法。

“你怎么知道?”母亲瞪大了眼睛说。

“因为我也觉得那样比较好。”我说。

母亲点了点头，又折回里面的房间。

过了一会儿，只见她怀里抱着原来放在扩音机上的那张镶有镜框的父亲的照片走出来。

“放在那边的屋子里，每天给他供上花。我们怎么可能被打败呢?”母亲说。

“嗯，就那么办!”我说。

其实，我们一家三口的照片，我一直摆放在我房间的电视机上。也就是说，父亲的单人照片从现在开始将要正式地出现在我和母亲的房间里了。

“是啊，我们怎么会认输呢?虽然我们已经输得很惨，几乎到了无法挽回的地步。”我说。

“你呀，怎么就能随口说出这么好笑的怪话来呢?”母亲发自内心地笑着说。把门关上锁好后，我们一起离开了这个曾经住过的家。也许这个家今后再也不会回来住了吧。当然，也许还会一次次地回来拿东西。可是，今后回忆起来的时候，这一瞬才是我们真正和这个家说再见的时候。

吃完美味的咖喱，回家的路上，顺便在路边的花店买了一束花，花店里那位熟悉的充满活力的卖花女孩儿满脸笑意地把花包好，交给我们。回到家，我们把花插在了从茶泽大街古董店买回来的牛奶瓶里，那个牛奶瓶是昭和年间的。之后，我们把父亲的遗像摆好，把花摆在遗像旁，同时又把精油倒在熏香炉的盘子里，点燃蜡烛。蜡烛那如豆的火苗摇摇曳曳地映照在墙壁上，薰衣草的芳香顿时在房间里弥漫开来。

看着被所有这一切围绕着的父亲的照片，感觉父亲也终于搬到下北泽来了。

有一种终于完成一件心愿的安定感。

“妈妈，我并不是想要催您啊，那边的房子您打算怎么办呢？卖了？还是租出去？”我说。

“嗯……出租的可能性比较大吧。”母亲说。

“我在旧金山的那个朋友大概一年后回来，那时说不定会卖给他们或者租给他们住。他们已经知道了咱们家的情况，说有些家具就那样留着也可以，也愿意付高一些的租金。家境富裕的她说，只能以这种方式来帮助我了。而且她说反正她也是准备在目黑找房子的，在他们回来之前，只要我们慢慢把房间收拾出来就行了。要不我就在下北泽芳芳住的附近再找套房子住？虽然还没有具体想过这件事，但大致是这么考虑的。”母亲说。

“哦，听起来这样安排应该还不错吧。这样一来既不会感到悲伤，爸爸也会高兴的吧。”我说。

“没关系呀，我们今天已经把你爸爸带回来了。不能原谅的部分先放在一边，不管怎样，你爸爸灵魂的本尊终究是已经回到这里了。”母亲说。

听到母亲以妻子的口吻说得那么确定。让我不由地相信：也许真的是那样吧。

于是，我又梦见了电话。

在目黑那个家里，房间里已经变得空空荡荡。

除了墙壁上的划痕，再也找不到任何可以留下回忆的东西。钢琴也没了，阳光从窗外照射进来，洒在四方形的地板上。

我怔怔地站在那里，心想：家，已经搬完了吗？这么快呀，一转眼的功夫就搬完了？那么，我现在究竟是在哪里呢？我的东西呢？都怎么处理了？不是还没有决定吗？

我正那样茫然地想着。突然，电话响了。我从挎包里拿出电话，接起来。

“喂？”我说。

“喂，喂。”是父亲的声音。

“放心吧，爸爸的照片已经拿到下北泽去了。”我说。泪水止不住地流下来。

“爸爸，爸爸。你该不会是讨厌我们了吧？”我问道，却听不到回答。

我忍不住大声哭起来，哭得甚至站也站不住，只好用手撑着地板。这是我小时候经常躺在上面玩的卧室的地板，不久就会换上新的地毯，摆上新的家具吧。

“爸爸，我想你，想见你！你为什么只打电话来呢？”我说。

“你不是还有其他要说的吗？”突然，好像另一个我插进来说。可是，因为是在梦里，梦里的自己总是毫不掩饰又有些愚笨。电话另一端的那个人绝对没有讨厌我们，尽管父亲像往常一样安静，但我却能感觉到他的气息。

我突然明白了，原来父亲一直是想给我们打电话的呀。在将死时刻，父亲想给我们打个电话，却忘了带手机，没办法打。我知道肯定是那样的，绝对不会错！

猛然睁开眼时，我在深夜的房间里，一下子坐了起来。

薰衣草精油的香味还在房间里飘荡，蜡烛依然在燃烧。那里摆着父亲的照片，照片上的父亲微笑着。在拍这张照片的时候，说不定父亲身边早已经有了那个女人，但不管怎样，那个时候父亲是和我们生活在一起的。

也许，正是这些好闻的香气和五彩缤纷的花朵为我开启了一条通往梦境的路径吧……我睡得迷迷糊糊的脑子里这样胡思乱想着："父亲大概没事了吧？"这样想着，便径自放下心来。虽然我不知道这到底是为什么，但我知道时间的巧合很重要，如果不是今天这种情况的话，肯定不会有这样的安心感，这一点我深信不疑。

侧脸看过去，母亲在身旁睡得正酣。总有一天，母亲也会离我而去，去到另一个世界。可是，现在她在这里睡得好香，嘴巴微张，正畅游在梦境中。对于我来说，的确还有这么重要的人留在身边。

我安下心又躺下来。因为睡得有些迷糊，总以为手机就在身边，便摸摸索索地找，找着找着又进入了深深的梦乡。

“可怕的事情终于减少了一些。从现在开始终于可以安心地过日子了。”这种感觉轻柔稳静地围绕着我，就像羽绒被一样，不管是里面还是外面都是那么轻柔、那么温暖。

是啊，担心害怕的事情不仅仅是父亲的灵魂无处可归，其实还有母亲在内心里对父亲的厌恶和抛弃。我知道那才是我最最担心害怕的。

之后不久，有一次那个阿姨只身来到了我们店。

正是午餐最忙的时候，我拼命忍着没让自己的脸上露出不高兴的表情。

为什么在我终于心情平静下来，不再梦见父亲的时候，她又来唤醒我的回忆呢？我甚至想忘记有茨城这么个地方。

“对不起，我来是不是让你不高兴了?”阿姨说，带着歉意要了一份午饭套餐。

不管心里有多不高兴，一想到这个人毕竟也很关心父亲的事，虽说是因为有别的事顺便拐过来的，但毕竟跑了这么远的路。所以我还是面带微笑地给她端上了午餐。很喜欢阿姨吃饭的样子，好像是在认真品味着饭菜的味道，全然没有因为是路过，就随随便便对付一顿的样子。

看每个人吃饭时的样子，就能感受到他们此时此刻的心情。不论再怎样小心地努力去掩饰，即使是专门练习过吃饭的礼仪，也瞒不过我这双每天观察着无数人进食的眼睛。

而且，这个人曾经去父亲墓前祭拜过的行为，大概也是想为了平复我们的心情而远远地出一些力吧。这个世界上总是会遇到这样那样一些预想不到的事情的。

最后，我给她送上餐后咖啡时，把想说的话索性都说了出来。

“谢谢您前些日子去我父亲的墓前祭拜，因为我和母亲一直去不了，所以真的非常感谢。”

阿姨紧张的表情一下子放松下来，一副放心了的样子笑了。

我想，她肯定以为我一直很讨厌她的吧，我也以为自己会很不高兴呢。可是当我看到阿姨那真诚目光时，就知道她没有恶意，我的内心也就放开了提防。

“因为我也是过来人，所以无法让自己视而不见地什么都不做。让你又回忆起那些事，真的对不起。这个……”说着，阿姨从一个大背包里取出一个小布袋，那里面还套着一个带有衬里的小布袋。“这是我从一个认识的人那里求来的。”

“这是什么?”因为我对这种事一窍不通，于是便胡乱猜道，“是盐吗?”

阿姨点了点头，没想到我还猜对了。

“是的，那个人在我认识的人当中，是最具灵能的高人。因为这次的事得到了这位高人的很多帮助，所以我就去找这个人请教了一下，就算是求个安慰吧。如果你去扫墓或者去出事现场的话，带上它试试吧。”阿姨微笑着说。

我心想，我才不去呢。不过没有说出来。

这个女人，老公和别的女人有了外遇后差点儿被杀死，然后两个人离了婚，之后前夫又因病而死。可以说她经历了无数不幸，虽说后来她的生活变得安定幸福了，但是能够为一个从未见过面的陌生人如此亲切热心地做这些，真是了不起。说实在的，我还是心存敬意的。

当然，这样做也有可能被人撒盐驱逐[1]出来。

“你或许想问为什么我要这样做吧？”阿姨好像看穿了我的心思似的说。

“你们的心情，虽然我无法完全知道，但是，我觉得在这个世界上，谁也不如我更能感同身受地去理解你们了。总觉得我们在心灵深处是相通的，不想憎恨任何人，却不由地去憎恨；不想怪罪别人，却不由地去怪罪；不想深究，却不由地钻进牛角尖。”

完全像她说的那样！我沉默着点了点头。然后问道：

1　日本人驱赶可能会给自己带来不吉利的人的做法。撒盐是为了驱邪避灾。

“我还从来没去请教过那种能够看到常人看不到的东西的高人。那位高人，关于这件事是怎么说的?”

阿姨垂下眼睛想了想。然后，好像下了决心一样看着我说：“高人说：那个女人越是和谁睡，就越是能把那个人对死的憧憬勾引起来。”

我的心口好像被一个锋利的东西突然刺了一下，一阵疼痛。

一这样去想，父亲好像离我更远了。

“高人还说，仅凭那个女人一心想找一个陪她死的人这一点，她就已经不算是这个世上的人了。所以没有必要同情她，但也没必要去憎恨她。高人说，这是两个不同的问题。可是，我们还理解不了那么深，对吧。”

她说话时带着一些地方口音，我突然想起那个死去的女人应该也是这样的口音吧? 一想到这些，我竟有些毛骨悚然。

“可是，留下的人必须好好活下去。”

这时，因为有其他桌子的客人在叫我，我不得不去那边服务了。

“嗯，谢谢您，我一定会珍惜的。如果将来什么时候去出事的地方，我一定撒在那里。”我说完，收下了那个装有盐的漂亮布袋。

那个人慢慢地喝完咖啡，面带笑容地离开了我们店。那是一个身材浑圆、小腿粗壮，穿着打扮非常大众化的中年妇女。

今后我们大概再也不会相遇了吧，可是这个人却和我的人生有了如此密切的联系。

人生究竟是怎么回事呢?

真让人觉得不可思议。

当有什么事情发生重叠时，它们总是会接踵而来。而且它们总是会潜在某种的理由，在我还没有意识到的时候，像泡沫一样提醒着我注意。

从上次初吻之后，我和新谷君的距离一下子被拉近了。也许是因为彼此间都敞开了心扉，说出了彼此在意的事，所以有了一种安心感吧。我不由地反省自己过去对忍让节制的新谷君表现出来的忽略和轻视，并为此而感到愧疚。其实他比我想的成熟多了，而且总是认真地在替我着想。

说实话，我一直以为新谷君是因为我是个“死了父亲的可怜女孩儿”才和我交往呢，所以内心深处一直为此而感到不满。可是，现在我慢慢明白不是那样的。越是了解他，就越能感受到他对我的吸引。

于是，我在他面前的傲慢慢慢消失了。

虽然还没有去他家过过夜，甚至也没有像高中生那样忍不住在路边或者电梯里索过吻。可是，不管是在走路的时候，还是坐下来的时候，手会不经意地握在一起，身子也会自然而然地依偎在一起，这种时候越来越多。

像往常一样，总是在我们店快要关门的时候，他坐在吧台前等着我下班。可是，这样的情景也没有几天了，我一边这样想着，一边做完那天的工作和他一起走出店门。

雷利昂渐渐进入了彻底闭店的准备。

有一天，美千代一边整理着橱柜，一边喃喃地自语："对了，夏天再也不会在这里推出刨冰了。"

我的心也变得有些伤感。正因为那个夏天是个最糟糕的夏天，所以记忆中水灵灵的蔬菜沙拉和冰冰凉的刨冰才会那么生动鲜明。那是让我们重生的味道。

不，就算是真有结束的那一天，现在也仅仅是告一段落而已，美千代和我都会继续做下去，店也会重新开张，所以现在还不是应该悲伤的时候，我和美千代互相安慰着，那一天也同样把店里打扫得干干净净后才离开。

分手的时候，美千代一边锁门一边说：“虽然不是最后一天，可不知怎么，心情还是有些落寞。”

是啊，这到底是为什么呢？明明是很快就要拆掉的建筑物了，我却对打扫清洁变得更加热心。想把地板擦得再干净一些，把窗户擦得再明亮一些，那心情就像是对待一个自己尊敬的人一样，就好像这次清扫是我人生中唯一一次似的。

我甚至想，如果那时我也怀着同样的心情对待父亲该多好啊！对于父亲，总觉得反正他也不在了，所以很多时候便有些破罐子破摔，不管不顾了的感觉。

新谷君在千鹤姐的店里等着我，他说今天特别想喝她们店酒水单上写的那种“浓棕熊”黑啤。走下楼梯，来到地下，就听到巨大的音响播放着七十年代的摇滚乐，在酒吧靠里面的座位上，只见新谷君和母亲面对面地坐在一张桌前。

这间酒吧是用手工玻璃装修的，整体给人的感觉仿佛打上了马赛克，就像是高迪[1]喝醉了酒之后创作出来的一件作品似的，是一个很有趣的酒吧。天花板上有一个巨大的壁虎雕塑，趴在那里俯视着店内。说不出这是阿兹特克[2]风格还是西班牙风格的装潢。另外，店内还摆放着几张很有特色的原木桌，桌子是充分利用了原木的色调和凸凹制成的。虽然音乐声总是放得很大，却是一间能让人感到很舒适的旧式酒吧。

可是，那天晚上，我根本无暇顾及这些店里的装潢，也没有注意还有些什么其他客人。只是看着两个我熟悉的人面对面坐在那里时，我一下子愣住了。

是啊，这里也是母亲常来的店啊，在这里相遇也没什么好奇怪的。于是我拼命装出一副平静的样子，笑着走到他们面前。

---

1 又译作安东尼·高蒂（Antonio Gaudi Cornet，1852—1926），西班牙建筑师，塑性建筑流派的代表人物，属于新艺术建筑风格。

2 又译为阿兹台克、阿兹提克，指14—16世纪的墨西哥古文明，与印加文明、玛雅文明并称为中南美三大文明，其建筑有着独特的风格。

“呀，芳芳。新谷君人不错呢。”母亲说。

“你们俩怎么熟识得竟坐在一起喝酒了呢？”

因为一直是站着工作，腿累得胀痛，所以不知不觉地话中带着些不高兴，我也没想到自己竟然这么孩子气。最让我受到冲击的，还是当我看到两个人在一起的光景时，首先反应出的不是无条件的欢喜，而是条件反射似的觉得：“糟了！”真是不可思议！

“对不起，正巧遇上了，就聊上了。”新谷君局促不安地回答道。

“没什么啊，这种情况本来就有可能会碰到嘛。”我笑了。因为店员走过来，我索性挨着母亲坐下，点了一份“北狐红啤和荷兰豆”，都是我过去常吃的。然后，把大衣脱下来。

这家一直营业到深夜的酒吧，我自己曾经一个人来过，也常和母亲一起吃完宵夜后来这里喝上一杯。所以对于我来说，这里已经毫不陌生。

“能和新谷君聊天，真的很高兴。”母亲说着，一口把鸡尾酒喝干，“那，我先走了，免得妨碍你们约会。”

我暗叹，母亲这番退场表现真是太漂亮了。但嘴上却说：“没关系，一会儿一块儿走吧。”

“不啦，接下来的时间，该还给你们年轻人啦。再说，我还有自己想看的电视节目呢。对了，今天下午我让阿羽帮我把目黑家里的那台大电视机搬过来了。”母亲笑了。

“就放在我们那个那么窄小的房间里？”我说，“原来的那台呢？”

“那台放在目黑家里了。”

“您也不跟我商量商量，就自己擅自做主啊！那台电视还是我朋友送给我的呢。”

“可是妈妈眼睛老花了，那么小的电视看不清楚啊。而且那台还是显像管的。等你回家看看再说吧。正是因为房间小，所以不管什么画面都觉得气势磅礴，就像在电影院里看电影一样。”母亲笑了。

“另外，我把那个小立体声音响也拿过来了。”

“啊？那，房间不是更窄了吗？哪里还有睡觉的地方呀？”

虽然这样说着，我心里却暗暗高兴。母亲现在终于能够开始享受生活了。正在一点一点地把原来那个房子和现在这个房子混合起来，正在准备接受自己的过去。

“我回去把房间弄暖和了等着你啊。哦，要是不回来也行啊。”

“说什么呐！”

她不理我，径直走到柜台去结账，把我的那份也付了。然后一副很开心的样子拾阶而上，走了。

“你妈妈真是个挺不错的妈妈呢！”新谷君说。

“哪儿呀，丢死人了。半夜三更喝得这么醉醺醺的，妈妈也真是的。等我回去的时候，家里肯定被那个大电视机和立体声音响弄得连睡觉的地方都没有了。”我笑了。

“对了对了。你妈妈走了正好。这个。”新谷君说着从手提包里拿出一个用布包着的东西来。

我暗暗惊讶，这种感觉我还清楚地记得，因为最近刚刚体验过。

“当着你妈妈的面，我有点儿不好说出口。”

“是什么啊?”我问。

新谷君打开布包，里面有一个类似护身符一样的东西。

“又来了。”我忍不住说道。

“为什么说‘又来了’呢?”新谷君问道。于是我把阿

天高云淡，我觉得自己好像一片风筝

一样，想飞多远就能飞多远。

“好想去水族馆啊！我真的很喜欢水族馆。”山崎先生说，“我特别喜欢里面有很多鲨鱼的那个大玻璃水槽，还有水槽后面那个奇特的丛林游戏攀援架，那个造型真的好棒。每当我看到孩子们在那里玩，就会感动得想掉泪。”

姨跑到店里来送了我一包盐的事，告诉了新谷君。

新谷君点点头，陷入了沉思。

“以前我不是跟你说过嘛，我们那里有个人自杀了，所以我们弄了个驱邪避灾的仪式。那时，我父亲的朋友请了他们家附近神社的人。上次你说也许什么时候会去一趟茨城，我就去那个神社帮你请来了这个护身符。我想只要带在身上，大概感觉会好一些吧。”

“新谷君也信这些啊！”我不由得脱口而出。

“不是，也不是说非要怎么做才好，只是觉得，带在身上也许心情会觉得轻松一些吧。对不起，我知道自己这样做有些多余，可还是去帮你求来了。”他说话的语气音调和那个阿姨一模一样，让我一下子觉得很不舒服。

“对不起，我不该那么说。”我也跟他道歉，“谢谢你。”

新谷君很不好意思地脸都红了。虽然店里很暗，但我能想得到他那可爱的样子。

这样的新谷君更加让我喜欢了。

是什么让我压抑着自己？我也搞不清楚了。

啤酒的味道就像沉淀在深夜的底层一样苦涩。就这样，当我喝得不知道自己在哪儿，不知道自己曾做过些什么时，我像孩子一样想和新谷君一起回他住的地方。虽然父亲的事情就像小骨刺一样依然残存在这里或那里。可是母亲的变化仿佛一面镜子，让我的内心也一点点地发生着改变。

如果就这样和新谷君继续往深里交往，我们会变得越来越难舍难分吧。每天就这样相处，也许会遇到各种各样的事；吵架、哭闹；我去法国，然后回来；再重新开始工作；日复一日，也许有一天我们会住在一起，会结婚，然后生孩子……即使如此，可我们依然不知道将来会是怎样。当我从这个店走出去时，突然被车撞死也说不定；也说不定在巴黎的什么地方遇到什么人，陷入一场轰轰烈烈的恋爱，因而留在那里不回来了。也许明天新谷君上班的时候，突然有个羞花闭月的大美人对他穷追不舍，他只好满怀歉意地跟我分手也说不定呢。所以，所谓的“与其将来后悔，不如先做了再说”，肯定就是这个道理吧。

可是，我还是觉得，如果和新谷君就这样继续往深里交往的话，总有一种我自己也说不上来的过于单纯的东西横亘在内心深处。那好像是和父亲相关的东西，如果我就这样继续往前走的话，就得对这些东西视而不见。

就这样顺利发展下去的话，所有的一切都将沐浴在阳光下，我的人生中将不会再有羞怯。可是那些被我视而不见、深藏不露的阴暗的东西肯定依然存在，它们像乱麻一样在我的内心绞作一团，让我无法理出个头绪。

而且我觉得，也许正是这样一团乱麻在心底里越绞越大、越来越黑暗，才是导致父亲死亡的真正原因吧，我现在所体验的大概就是父亲的迷你版吧。

可是，仅仅是弄清楚这一点，就已经让我精疲力竭。

于是觉得太麻烦了，真想随心所欲，做自己想做的事，想立刻靠在谁的身上，闭上眼睛紧紧地依偎在他的怀里。可是那个想这样去做的自己和内心深处的另一个自己之间，却还横亘着一层硬膜。

我的本能告诉自己：如果带着这层硬膜去行动的话，事后肯定会遭到报应。可为什么我总是会这样多虑呢？虽然不是过于小心谨慎，也不是想得太多，可总是能够自然而然地感觉到那层膜的存在。

也许我还是想继续保持现在这种状态吧，这样保持现状应该是最保险的。不想失去什么——祈祷着新谷君不要离我而去，也暗暗期待着新谷君能等着我。我抚摩着新谷君送给我的护身符，心里暗暗想着。

虽然我连让人家等我什么，都还没弄清楚。

回到家，一眼就看到在破破烂烂的和式房间里摆放着一个巨大的豪华液晶电视。母亲坐在电视前，就像坐在电影院的银幕前一样，脸被荧屏上的光线照得发亮。

“我回来了。”我说，“这台电视机够壮观的啊。”

“哎呀。你竟然回来了啊！”母亲说。

“怎么？回来不好吗？”我说。

“不是啊，我倒是有一点儿高兴呢。想让你看看这个房间里豪华的样子。”母亲倒是坦率。

我沏了一杯香草茶，母亲又说道：“你的那个男朋友，看上去挺不错的嘛。”

“嗯，脑子聪明，虽然我们喜欢的音乐风格不同，但他的欣赏品位却很好，人的气质也不错。偶尔有时有些冒失，但总的来说人不错。另外，他跟你说了吗？他还在新宿经营着一家Live House呢。”我说。

“嗯，说了。好怀念那里啊。”母亲说。

“那里的味道，震耳欲聋的音响，以及盛在单薄的纸杯里难喝的杜松子酒。那时，所有这一切好像都特别令人反感。还有你爸爸，总是要求自己的老婆要像个贵夫人，自己却像个大男孩儿一样整天陶醉在现场演奏的乐趣中，想想都觉得讨厌。如果放在现在的话，我大概会穿着这身衣服去那家店尽情地跳上一夜吧。那时我多年轻啊！太年轻太老实了。总觉得你爸爸从事的是那么一种华丽风光的职业，所以我自己就得表现得成熟一些才行。”

我静静地点了点头。然后问了一个从刚才一进门就一直想问的问题：“正想问你呢，妈妈，你在看什么节目呢？”

我觉得那个节目我可能看过，可是已经过去太久了，早就忘记了。好像是药师丸博子和松田优作主演的吧……

“是《侦探物语》呀。前一阵子我从LADY JANE前路过时，突然想看看松田优作演的片子，就买回来了。真是一部不错的电影呢。两个人的演技都很好，我特别喜欢这部片子，真是太棒了。唉，为什么在松田优作还活着的时候，我没搬到这里来住呢？否则，说不定某一天我们会在深夜的路上碰巧遇上呢。如果真是那样，我不知道我会对他做出什么举动来。”母亲说。

“听你这么一说，我记得小时候好像跟爸爸一起去电影院看过这部电影。”我说，“不过那时太小了，根本看不懂。”

“对，对。你爸爸也很喜欢松田优作。说不定仰慕已久了呢。”母亲就好像父亲还活着的时候那样，表情淡然地说道。

我想，这里面大概也有一种暗示吧，只盯着影片最后那个接吻的画面，带着那份温暖继续走下去。

当美千代患了流行性感冒，不得不休息的那天晚上，我终于明白了，自己在店里的工作还差得很远，还是只未出笼的丑小鸭！

“我好像发烧了，你最好别离我太近。”美千代说，“如果实在不行，午餐就只提供蒸非洲小麦饭和咖喱算了。我现在就开始准备。”

说着，她开始默默地做起了炖煮的东西，看她的样子实在痛苦，我便尽可能地待在她身边帮忙，这时我才痛感到自己还远远不能独当一面。

“如果能够联系上森山先生，至少明天还能开店。”我说。

“嗯，是啊。明天的事，明天再说吧。”美千代说。

把该炖的东西全部炖好，美千代才离开。我把第二天午餐需要准备的东西都做好，提早上床睡下。没想到第二天还是忙得四脚朝天。

森山先生因为有别的事，勉强在午餐前赶了过来。可是，那时店里已经爆满，我一个人真的快要对应不过来了。

虽然只是提供蒸非洲小麦饭和咖喱，可是，自从我在这里工作以来，还从来没有像今天这样让客人等这么长时间呢。

偏偏在这种时候总是有客人不断地涌进餐厅，虽说这种情况过去也常有，可今天我竟手忙脚乱地不是把客人带到了还没有收拾出来的座位前，慌慌张张地拿来抹布擦拭；要不就是把摆放得不太好看的午餐端给了客人。渐渐地，我快要陷入焦头烂额的状态了。我一次又一次地做着深呼吸，这才使混乱的头脑渐渐恢复到平日的敏捷，终于理清了上菜的顺序，这时森山先生终于到了。当我看到这位同事那张架着眼镜的圆脸的那一瞬，真不知有多么高兴，恨不得扑上去给他一个拥抱。

我把自己在客人面前出的错一一告诉了他，他安慰我说：一个人面对这种情况，是免不了的。

晚上的营业时间，因为有森山先生在，我们把只提供蒸非洲小麦饭和咖喱的通知写在门口的黑板上，总算顺利地支撑了下来。不过和平时比，我摆盛在盘子里饭菜的卖相还是不够好看。新谷君在闭店前过来的时候，我已经能够应对得游刃有余了。虽然没有美千代的厨房我也已经习惯了，但我知道这已经太晚了，有些客人可能这次来了之后再也不会来了。

我现在深深地体会到平时我对美千代太依赖了，虽然一直想一个人独当一面，实际上真到了那时却很有可能像今天这样被弄得手忙脚乱。

第二天的午餐也勉强应付了过去。

晚上，美千代来电话说，第二天的材料准备工作她做不了了。电话里听到她嗓子沙哑得几乎说不出话来。

她说：要不明天店里休息一天吧。这样的话，明天休息一天，后天就是店里的固定休息日，她可以休息两天，后天估计病也该好得差不多了，应该能来上班了。

原来，美千代不在时，我连炖煮东西的准备工作都干不了啊！万一美千代有点儿事不能来，那我们店就连门也开不了了！一想到这些自己竟有点儿沮丧，我终于明白了自己根本代替不了美千代。于是我把目标缩小到即使美千代有几天不来，我们店也能照常开张的程度。但这并不是说我要贪心地想一下子学会做多少个菜，而只是想先在一旁做一个好助手。

在店里工作一天下来，两条腿已经累得快站不住了。

和一直在等我的新谷君走出店门，打算一起去喝杯慰劳酒。走在路上，夜风拂面让人顿时神清气爽。星星像碎冰片一样在夜空中闪闪发亮，空气在强劲的风中变得清爽干净。建筑物的窗子一个个轮廓清晰可见，仿佛近在咫尺。

“我一直觉得自己平时已经是不遗余力地拼命在做了，真是太幼稚了，原来还有这么大的潜力啊。”我说，“不过也许正是因为想不到这些，才更说明我太幼稚了吧。”

“不过，一个店永远不可能只靠一个人支撑起来。只有觉得自己能够撑起来的才真的是幼稚呢。芳芳也不过是二十多岁嘛，别着急，慢慢来，你有一天会成为一个多面手的。”新谷君又是那么自然而然地说出了令我开心的话。

挽着新谷君的手臂，他身上那件显得有些昂贵的呢子大衣给我一种温暖厚实的感觉，让我特别安心。

“还差得远呢。”我说。有些发烫的脸颊被晚风吹得有些发凉，心中的希望却扬起了风帆。我真切地感受到这大概就是年轻吧，去经历一个又一个的未知，从中感受获得经验的喜悦。

“鼻涕出来喽。”新谷君凝视着我的脸庞，直接用戴着手套的手为我擦去了鼻涕。

“哎呀，别……”我笑了，这时新谷君突然深深地吻上来。就这样在深夜悄无人迹的茶泽大街上、在昭和信用银行的门口。

他紧紧地抱着我，把我压靠在铁制的卷帘门上，手霸道地在我的身上抚摸着。

“我已经受不了了，今天去我那儿吧。”新谷君说。

“今天实在是太累了，不能在你那里过夜，但是可以跟你一起过去。”我说。

“那就走吧。”新谷君说完，就拦了一辆出租车。我想就这样吧，反正今天已经努力工作了，而且明天又有一天临时休息。

于是我默默地上了车。可是我的心情却总是被车窗外的景致吸引，几乎无法深想，关于他的工作、他店里有着怎样的音响，我几乎一无所知，也无心知道得太多，总觉得知不知道这些都无所谓。说起来有些奇怪，我总觉得他或许是想找一个能够和他一起经营Live House的女孩儿结婚，要不就是因为他父母离了婚的缘故，使得他并不想结婚吧。

虽然我并不是在明知道会分手的情况下开始跟他交往的，可是，分手毕竟是件很伤心的事，我的内心里是极不情愿的。

正在这时，新谷君突然率真地说："怎么还不到啊。"

我忍俊不禁，扑哧一声笑了出来。我发现，我特别喜欢通过他这种不做作的方式窥视到他从骨子里流露出来的风趣的一面。

新谷君的屋子黑着灯，他用钥匙打开门，把玄关的壁灯打开。我站在熟悉的玄关处刚刚把鞋和身上的大衣脱掉，新谷君就一下子把我抱住了。

“这么急呀?”我说。

“当然急了。至于喝茶还是喝酒，待会儿再说。”新谷君说，“我已经等不及了。”

我想，他大概是等不及了吧，这种事情他大概早已经驾轻就熟了。他的抚摸既不粗鲁，也不紧张，是那么自然流畅。在沙发上，在只有玄关的壁灯和窗外街灯的光亮下的房间里，新谷君和我就这样穿着衣服完成了我们之间的第一次性爱。

一旦有了第一次之后，两个人之间的距离一下子就拉近了。

三十分钟后，新谷君穿着那身皱巴巴的衣服为我冲泡奶茶。深夜，奶茶的味道是那么沁人心脾。牛奶里放了阿萨姆红茶，慢慢煮开后再加入红糖，细细品来，有一种甜蜜幸福的味道。接着我俩不约而同地说道："原来不是说好要喝一杯的吗?"说完相视而笑。于是从冰箱里拿出两罐冰镇啤酒，两个人一起干杯。

第二次从容了许多。两个人都脱了衣服，裹在毛毯里慢慢地享受着性爱的甜蜜。新谷君的技巧很高超，让我暗暗感叹从来没有过这样的经验，竟不由地产生了一种对下一次的期待之情。

即使是这样的时候，我依然会不由自主地想：我和新谷君大概不会交往很久吧。

虽然隐隐约约有那种预感，可一旦有了肌肤相亲，两个人之间便什么也不存在了。这让我觉得我们两个今后再也没有什么可以做的了。

我感到有一种难以置信的空虚，不知道新谷君是否也感觉到了。我想他大概是感觉到了吧，一旦上了床，所有的魔法就都消失了。

“感觉特别好，再见。”我仔细穿好大衣，而新谷君却只穿着一身单薄的衣服送我来到大路上，他帮我拦下一辆出租车，一直目送我走远。

而我却止不住泪流满面。为什么就不能爱上他呢？如果能够更深更深地爱上他该多好。

出租车向着下北泽的方向平稳地奔驰。再见，我那自欺欺人的恋爱。我知道，如果不是现在这个时候，我一定会忘我地投入，深深地爱恋一场的。

夜路在泪眼中变得模糊不清。或许是因为害怕失去，才想让所有的一切都维持现状，我想自己就是在这样的心境下谈下来这段恋爱的吧。因为寂寞，因为没有新谷君会寂寞，所以才会喜欢他。但那不是爱，除了淡淡的喜欢，再没有别的。我知道自己一直是明白这一点的，却一直在自欺欺人。

我给新谷君发了一条短信，告诉他也许进展得太快了，我有些不知所措，请再给我点儿时间。新谷君很快给我回了短信："随时联系，我等着你。我还会像过去一样去你们店吃饭的，我已经无法想象如果不在你们那里吃饭我的生活将会怎样。"

我真的好喜欢他这点。读着短信，禁不住笑出声了。

我对他抱有好感，却无法再有超越好感的情感。我觉得这些暂时还不必告诉他。每隔三天，新谷君就会出现在我们店，每次看到他，我依然会很高兴。他顶多就是亲吻我或者拉着我的手，除此之外再也没有更进一步的要求。新谷君表现出了耐心等待的姿态，而我却绝对算不上精神状态良好。我一心想做好店里的工作，也许新谷君察觉到了，所以没有再提更深刻的话题，这一点我真的应该感谢他。

不过我心里明白，这个人已经习惯了，所有的这一切，他都早已习以为常。并不仅仅是因为我，而是因为经历得太多了，所以他知道女孩儿在这种时候是不能穷追猛打的。

心里的滋味有些灰暗，也有些懊恼，绝对说不上高兴。

就这样，冬天过去了。雷利昂在露先馆的营业终于即将彻底结束。大楼被拆掉的日期也定了下来。

最后的那些天里，老顾客们络绎不绝地涌进店里，每天都像是在开宴会一样。

最后一天，我们举办了一个小小的告别宴会。除了新谷君和母亲，还来了不少人。美千代和森山先生流了泪。然后大家都默默地做了最后的清理，客人们也都帮着一起收拾打扫。最后，我们把从那个小窗处看到的茶泽大街的景色拍照留念，记得那里当年曾经给了我和母亲重生的勇气。我们把所有的窗玻璃擦拭得干干净净，然后锁好门，等到了约定的日子，再让搬运公司将屋子里的东西搬走。

“二月时，在法国见。拜托了。”美千代说完，转过身去，在夜路上渐渐地走远。

“一个时代结束了。”母亲说。我、新谷君还有母亲三个人又去千鹤姐的店喝了一杯。听到他们两个对我说“辛苦了”，心里特别高兴。千鹤姐也同我们一起干了杯。

新谷君说今天得回去了，于是我和母亲一起走着送他去车站。

虽然已是深夜，年底的商店街上却依然热闹非凡。

走在路上，觉得往来的人们好像都急着要去给什么做一个终结似的，每个人都急急慌慌的。

“从明天开始，你也可以清闲下来了，该整理整理你的衣柜了吧。”母亲笑着说，“不过，还是先好好休息休息吧。”

“嗯，谢谢。对了，妈妈。”

一开口，却忘了自己究竟想要说什么。最后还是问道：“我和新谷君，您是怎么看的？”

母亲看了我一眼，没有马上回答，而是默默地继续往前走，脚上那双尖头皮靴在深夜里发出清脆的响声。当我们来到位于商店街中部的便利店Sunkus的门前时，母亲终于开口说道：“觉得就是那种……曾经上过床的朋友。对不起，我总觉得你们不可能走到谈婚论嫁的那一步，虽然他是一个很不错的男孩子。”

“是吗？”我说。暗自惊讶：原来母亲也是这样想的啊！

我想，也许母亲是担心自己的意见会给我带来影响和压力，所以在深思熟虑后才说出来的吧。我特别喜欢母亲这一点。

“对不起，在你们正恋爱的时候，我却说这种泼冷水的话。”母亲像个朋友一样诚挚地向我道歉。

“没事儿，其实我也一直隐隐约约地有那种感觉。”我说，“这么说，我是不是应该好好地做一个了断呢？”

“别呀，我觉得你还是别那么想比较好，毕竟分手会两败俱伤。”母亲说。

“好像您这种说法有问题，不过我能理解您的意思。”我笑了。

在店里，每天想着："反正今天还在营业，到时候再说吧。"该做什么还做什么，如今终于到了彻底关店的时候。最后那几天，店里特别忙。但是因为森山先生几乎每天都来，所以反倒让我有了闲情去享受那种忙碌的乐趣。

一旦真的结束了，人就像一个泄了气的皮球一样，没有了一点儿气力。脑子里就会毫无来由地胡思乱想：如果父亲没有死的话，那个女的是不是又会找到另一个下家呢。这么说来，父亲等于救了那个人。相反，如果父亲没有死成，而那个下家死了的话，我们可能也会觉得很难过吧……

于是，我终于理解了那个阿姨来找我时的心情。

"妈妈，其实吧……"我脱口说道，"我有点儿事想跟您说。要不我们到那家高级酒吧再去喝一杯，怎么样？我请客。”

“好啊。是不是想让我给你的恋爱做做参谋啊?”母亲说。

“不是，是关于最近有个阿姨来店里找我的事，想跟您说说。”我说。

“OK。”母亲说。也许她从我脸上的表情已经猜到我要说什么了吧。

在吧台前坐下，点了平时常点的特制鲜果汁鸡尾酒之后，我把最近发生的一切都告诉了母亲。跟山崎先生见面的事，那个阿姨和新谷君送给我护身符和盐的事，以及我所知道的关于那个女人的事。

一旦把事情说出来，才发现其实也没有什么大不了的，问题是我自己把这些东西想得过于沉重了。母亲自始至终都是表情轻松淡漠地听着，只是眉头稍稍蹙起。

看着母亲蹙着眉头的脸庞，我想母亲年轻时大概就是这个样子吧?那是一张充满了女人味儿的脸庞。

“那么，你打算怎么办呢？”母亲说，“去那片树林里，举办一场祭拜祈祷什么的仪式吗？就像《哀悼人》[1]里那样？”

“妈妈，您竟然连这么新的小说都读过啊？”我觉得很惊讶。

“虽然打着工，但还是有大把的时间啊。”母亲说。

“嗯……我还没有想那么明确，只是觉得是不是那样弄一下比较好啊。”我说。

“对不起，恕我直言，这种事我是绝对不会去的。”母亲说，“因为，这样一来也等于同时祭拜了那个女人。而且我还没有理清自己的情绪，去了会觉得自己是在骗人。”

“我知道您肯定会这么说的，所以只是说说试试而已。”说着，我的眼泪涌上来。真奇怪啊，好像又回到了小时候一样，只不过是被母亲否定了一下，竟然就哭了起来。

---

1 日本作者天童荒太（1960— ），继《永远的仔》后推出的又一力作，获得2009年直木赏大奖。如书名所呈现的，这是一部探讨死亡的作品，小说以一个立志为陌生死者进行凭吊的男子为主轴，透过三个与其相关的人的视角，探讨了生者、逝者、将死之人以及遗属对死亡的看法，进而以“死”来投射“生”。

“对不起啊，不过关于这件事，说到底我和芳芳应该是不一样的。”母亲说。

“其实，我早就不恨了，包括对那个女人。虽然很不甘心，但是被抢走了丈夫的我自己也实在是太粗心了，当然赔进去性命的你爸爸更是太糊涂。可是，不是说因此我就能够双手合十地祈祷他们升天成佛，我做不到。”

“没关系，我觉得妈妈这样想本来就是应该的。”我擦着不断流出的眼泪说。

“站在我的立场上想，我觉得应该给自己留一些独处的空间。在这个世界上，能够和我分担这些的，也只有芳芳了。当然，如果你想再去一次那个现场的话，我不会阻拦你。不过，我不想去。我想尊重自己的感觉，也可能这一辈子都不会去。我只想在这里，不管什么时候一想起那个人，就会想到他的好，想到那些美好的回忆。有这些就足够了。”母亲说。

“嗯，我明白。我还是太孩子气了。不过我并不是想让妈妈陪着我一起去，也不是想要您双手合十和我站在一起去祈祷。如果想不通，就那样保持着想不通的状态也没关系。只是，我梦到过好几次爸爸给我打电话，所以只是想做点儿什么好让自己心安。”我说。

“嗯，你如果想做就去做吧，我不会觉得不高兴的，也不会反对。只是我一点儿也不想去，不想做那种光鲜漂亮的事，也许心里一直怀着一些恨意对我来说更健全吧。”母亲说。

“不过，妈妈真的很感谢你。虽然我知道自己应该振作起来，可我真的不记得自己是怎么走过来的了。那个时候，眼前一片漆黑地熬着日子，最后只好跑来投靠芳芳。你肯让我跟你一起住，你不知道这对我是多大的帮助。

“芳芳，你知道被人抛弃是什么滋味吗？单从表面上看，好像是挺悲惨的，其实并不是那样。大家都安慰我说，也许你爸爸并不是真心的，只不过最后被那个女人给坑害了。可是，我在意的并不是这些，我真的是厌恶自己，觉得自己特别污秽、特别讨厌，恨不得让自己从这个世界上消失。每当要遇到什么好事的时候，脑子里马上就会浮现出那两个人亲密地死在一起时的样子，接着就会联想到两个人在床上亲热时的情景，还有他们一起开怀畅饮的样子。于是就觉得自己完全失去了存在的价值和意义。”母亲接着说。

“只有跟芳芳在一起的时候，我才觉得自己有存在的意义。所以，你让我觉得有个孩子真好！当年，记得有一阵子我们俩的婚姻曾经快走不下去了，于是我们商量是就此分手，还是生个孩子重新开始，最后我们决定生个孩子。这个决定真的是做对了。现在想想，如果没有芳芳，我的人生不知道会变成什么样子。所以我现在最大的愿望就是芳芳能健健康康、平平安安的。这个愿望比我自己的人生还重要。

“但这并不是说，我这么一个污浊不清的人就能配合着芳芳那单纯美好的感情和你一起去那里。因为我至今还常常诅咒你爸爸该死呢，虽然知道不可能让他再死一遍。”

我默默地点点头，喝了一口鸡尾酒，新鲜的水果味在口中漫溢开来。心想，活着大概就是这么回事儿吧。

其实我并不是一个好孩子。对于跑来跟我住的母亲，还是会稍微有点儿烦。对新谷君常常表现出来的对我身体的需求也感到有些厌烦。而且在店里的工作，也总是觉得自己做得再好，清扫时再卖力，餐馆也不会变成我的；对客人，即使是自己再怎么用心去接待，也不会得到回报；美千代更不可能跟我结婚来保证给我一个将来。一切都是徒劳，自己总是这样戴着有色眼镜去看待事物，觉得自己亏了，总是把别人往龌龊里想。类似这样的情绪真是数不胜数。

可是，父亲和母亲共同赋予我的某种东西，却让我不能那样由着情绪去做。

总觉得他们一直在用行动告诉我：被他们爱着的女儿

应该成为他们的骄傲。

尽管一个糊里糊涂地死了，一个有家却从家里跑出来跟女儿一起住。但不管遇到什么，他们都活出了自己。这一点就让我不能自暴自弃，不能自甘沉沦。

这时，母亲一只手拿着酒杯，目光注视着远方，突然说了一番话，那番话让我听了大吃一惊。

“说到你的那种梦，我也做过。也许你爸爸是想打个电话的吧。临死时他满脑子所想的大概就是打个电话吧。只有这一点不知怎么我好像能伸手可触似的清晰地感觉到了。他的电话想要打给的人不是他身边的那个女人，而是我们。所以够了，对于我来说有这个就足够了，我知足了。”

我那种一直在向母亲隐瞒着什么的心理负担，还有因一直担心在店里最后那些繁忙的日子里得了感冒什么的倒下来而绷得紧紧的神经，这时一下子全都松懈下来。于是，当天晚上我发起了高烧。发烧前没有一点儿预兆，甚至让我怀疑自己发的高烧是不是人们常说的那种“智慧烧[1]”呢。体温突然升高，三个小时过后，一下子就退了下来。

我不断地喝着水，一直躺在被子里。母亲给我调了一杯蜂蜜柠檬水，我浑身打着冷颤把水喝了。在酸酸的味道中，我看着榻榻米上那些污渍，突然觉得有些刺眼，原来当人发烧的时候，这些平时不起眼的地方都会留意起来啊。尽管如此，我依然不想回原来那个干净的家去住，那是我们一家三口的家，然而那个时代已经结束了。

“哎呀，对不起，妈妈又在看松田优作的电影，我去把声音关小点儿。”母亲说。这次是用那台液晶电视的巨大屏幕在看《A · Hormance》。

发着烧时看年轻的手塚理美，觉得她就像天使一样美丽。

---

1 幼儿在一岁以后，由于从母体带来的免疫力渐渐消失，常会因为不明原因的病菌感染引起高烧，这也是幼儿自身对周围细菌产生免疫力而产生的热度。过去因医学知识贫乏，日本老百姓把这种儿童正在获得知识阶段常发的不明原因的高烧叫做“智慧烧”。

昏暗的房间里，只有电视上的光亮在闪闪烁烁。这让我想起了一家人出门旅行时的情景——我已经睡着，父母却还没睡，两个人躺在旅馆的榻榻米上看电视。现在房间里的情景就像那时在旅馆里一样。

当我想到这里的时候，或许是这些东西触动了我，我开始像过去没有发生那个事件之前一样流下了眼泪。

既没有嚎啕大哭，也没有恨，甚至没有痛苦、没有憎恶、没有懊悔。

不知是惊讶于自己已经不再是孩子，还是对过去时光的留恋，潸然而下的泪水止也止不住。

我和母亲彼此沉默地流着眼泪。因为无论是母亲还是我，对这样的情景都已经过于习以为常了。虽然她知道我在哭，却沉默着没有任何表示，既不冷也不热，就那样感同身受地在房间里默默地陪着我。

当我发现这一点的时候，觉得现在的我是那么幸福。

不是和那个临时男朋友一起吃烤肉时那种高涨的幸福，而是在心灵深处能够让自己休憩放松的幸福感。

睁开眼睛看看表，心里一惊：啊，要迟到了！再一想，那个店已经没了。一想到直到过完年为止自己都没有什么事情可做，就觉得特别不可思议。就像刚才在睡眼惺忪中身体还想去店里工作一样，同时又好像自己身体的一部分丢在了什么地方。

母亲已经出门了，放在炉子上的锅里有煮好的粥。那是母亲特意为我做的，我想也许是因为我发着烧又哭了一场的缘故吧。

冬日的天空湛蓝如洗，寒风吹得“呼呼”作响。

房间里的榻榻米在阳光的照射下闪着耀眼的白光。

一边品味着粥的香甜软糯，一边从窗口俯视着已经没有任何光亮，变得一片黑暗的雷利昂，心里涌起一股说不出的滋味。这和平时的休假不同，那里已经不再有活力。再过些日子，就会有工人们进去拆除厨房里的机器设备，而那些还能继续使用的东西已经运到了美千代家暂时保管。美千代将在一月中旬出发，我在二月出发，去法国旅行。我们会在巴黎会合，从品尝牡蛎开始我们的法国之旅。我的护照该换新的了，还得回一趟目黑的家去拿那个旅行箱，我自己也有些事情要处理，但现在脑子里还是空空的。

天高云淡，我觉得自己好像一片风筝一样，想飞多远就能飞多远。

我突然迫不及待地想去茨城了，带着那些盐呀、护身符之类。不管怎样，想趁着白天天气晴朗阳光明媚的时候去。也许在这样一个明媚的日子里，在我的心情豁然开朗的时候，我应该能够有心力和体力去一趟吧。

我简单地把要带的东西收拾好装进包里，母亲大概是去打工了，我用手机给她发了一条短信："烧退了，今天想去茨城祭拜一下，不打算在那边过夜。"然后走出了家门。

到东京站买了长途汽车票，在地下商店街买了一个饭团和一罐茶。离发车还有十五分钟，坐在长椅上，看着广场前的环状道路上开往各个地方去的大巴和目的地不同的乘客们沉默着乘车时的样子，我突然觉得孤独难耐。也说不上为什么，眼泪不由得夺眶而出。心里憋闷得喘不上气来，不知道怎么办才好。心里明明知道：马上就该上车了，应该让自己平静下来。可越是这样想，那种孤独感就越重，堵在心口几

我突然迫不及待地想去茨城了，带着那些盐呀、护身符之类的。不管怎样，想趁着白天天气晴朗阳光明媚的时候去。也许在这样一个明媚的日子里，在我的心情豁然开朗的时候，我应该能够有心力和体力去一趟吧。

乎快要窒息。那种仿佛失去一切的感觉莫名地又涌了上来。

“给妈妈打个电话吧。”想来想去还是觉得该给母亲打个电话。掏出手机正准备拨，才发现有一个来电显示。我以为是新谷君，仔细一看才发现是山崎先生。我条件反射地立刻给他回拨了过去。

“喂。”在这样的时候，山崎先生的声音依然能够让我平静下来。

“您给我打过电话吗?”虽然哭得一塌糊涂，而且鼻音浓重，抽泣声止也止不住，但我还是礼貌地问道。

“关于去茨城的事，不知你考虑得怎么样了，所以打电话问问。今天是个大晴天，觉得挺适合去茨城的。哦，我并不是说非得今天去不可，只是想起来了，所以……”山崎先生坦率地说。

“那就今天去吧。”我一边哭一边说，“其实，我现在就在东京站，要坐大巴去茨城，我想坐到‘水乡潮来’站下，可是不知怎么，突然觉得心里特难受，大哭了一通。正想找个人陪着去呢。”

“啊？现在？原来你在哭啊？”山崎先生说，“你妈妈呢？”

“她不肯去。”我说，“我都来不及去说服她，就被彻底拒绝了。”说着，我更觉得委屈，不由得放声大哭了起来。山崎先生沉默着。我好像哭了好一会儿。大概过了几分钟，只听到山崎先生声音开朗地说：“好，那就去吧。正好今天我有空，倒觉得这是件蛮开心的事。芳芳现在要坐大巴了对吧？我开车追你吧。”我暗想：山崎先生真棒啊。于是我也坦率地说：“嗯，我等着您。我想我们可能会在从水乡潮来到鹿鸣的那段路上会合吧。”我已经想不了那么多了。

“我可能会晚一些到。”山崎先生说。

“那我就在‘三得(Sante)温泉’泡个澡。”我说。

“知道了，我会把这家温泉的名字输入到卫星导航仪里。到了那里再给你打电话。”山崎先生说。

行动力真强啊！我怔怔地想。我好像真的快要喜欢上山崎先生了，刚才还觉得失魂落魄的心情一下子变得特别温暖。于是心情开朗地坐上了大巴。

我终于明白，原来我是那么希望母亲能和我一起去的啊！

本来以为过了二十岁后，凡事都可以自己一个人处理了呢，真是大错特错了，看来我还差得远呢。不可思议的是这种挫败感反倒让我觉得心情不错。紧绷的神经一下子松懈下来，人变得绵软无力。有一种从地面仰望高山、千里之行始于足下的感觉。

大巴开车后很快上了高速，我刚刚打了个盹的工夫，就到站了。这里是一片空旷荒芜的原野，上次来时几乎没有看到任何景物，这次却看到了。我看到了在高远清爽的空中吹拂的风，看到了闪烁着金光的宽阔草原。当一个人静下心来极目远眺的时候，看到的风景原来是如此不同啊！

接下来，我又换乘出租车，向着和山崎先生约好的目的地驶去。

开上国道不远，就看到有一个临海而建的温泉设施。我像个观光客一样把巨大的背包存进自助式寄存柜，然后混在当地的老奶奶和阿姨大妈们中间，洗了洗身子后，到外面宽大的露天温泉一边泡澡，一边眺望着广阔的天空和郁郁葱葱的树林后面那波涛汹涌的大海。很久没有看到过如此宏大壮阔的景色了，而今看到这些，我的心也随之变得豁然开朗起来。不由得感叹自己这次真是来对了。

至少我意识到，和新谷君比，这个时期我是更喜欢山崎先生的。当我意识到了这一点时，心情竟变得异常轻松。我也庆幸自己醒悟到对新谷君还没有喜欢到想要跟他结婚的程度。那天晚上，新谷君的情不由己是他身上最令人欣赏的地方，可是我却无法真正从心底里觉得那有多么可爱。或者，如果他能再等等的话，说不定情况会有所不同吧。

也许是因为他太会和女人打交道了，最终我还是无法彻底信任他。

总觉得当自己的身体越来越喜欢上他的时候，心肯定就会越来越被忽视。

到底还是妈妈厉害。我还奇怪她为什么要看《侦探物语》呢？而且不是电视连续剧，是电影。是不是那里面已经给出答案了呢？

泡了一个小时，出来后一看手机，上面有一条短信：“到了，因为联系不上你，我也去泡个澡，回头在和式休息大厅见。”

我在和式休息大厅躺下来闭上眼休息的时候，泡完澡的山崎先生就像一个约好的家人一样走进来。

“嘿，芳芳。”山崎先生跟我打着招呼。在他那圆圆的大眼睛里确实有着能够让我安心的东西，那里面的沉稳安详奇妙地左右着我，毫无理由地让我仿佛看到有让我能够自然而然走进去的空间。果然没错，不是因为见过很多次，也不是因为有事找他他就会帮我。我想，毫无疑问，我是被他吸引了。尽管他有一位那么美丽的妻子，尽管我不会把这种感情表达出来。

我赶快站起来。

“对不起，刚才没能接到您的电话。”我说，“另外，让您专门为我跑一趟，真是过意不去。”

“泡完澡出来，真想喝一杯冰镇啤酒啊。可惜我还得开车。”山崎先生笑着说，“反正我今天没事，正好想来呢，所以你别在意。可是……”

山崎先生今年该多大岁数了呢？我想着，一下子想起来，应该是四十五岁左右吧。虽然比父亲小，可是他那老成持重的样子，给我的感觉要比他的实际年龄大。其实仔细看上去，他的皮肤还很年轻，也不知是不是他平时总穿那种样式老气的衣服的缘故。他总是穿那种只有年长的大叔才穿的款式。

“怎么说呢，看着今天的风还有天空时的感觉，突然让我有了一种应该去‘芋头儿’坟前祭拜祭拜的念头，所以就给你打了个电话。本来没想到要来这儿的，但既来之则安之。这么好的天气，阳光明媚，总觉得这样的日子说不定能让他升天成佛呢。”

注视着山崎先生侃侃而谈时那张中年味儿十足的侧脸，

情绪变得更加沉静。原来是想到一起去了呀！我说呢，当我看到今天的天空时，我也正是这样想的啊。

“是啊，突然就想对过去那些东西做一个了断。”我说。我不想再表现出撒娇和依赖的样子，只想赢得对等的目光。“否则就无法往前走，会感到那些护符和盐在背包里变得越来越重。被妈妈拒绝后，我没想到自己会那么难受。您能来，我真的好高兴。一想到要去的那个地方，我就害怕得浑身发抖。真的，太谢谢您了。”我说。

“芳芳，一转眼的功夫，你好像突然变成个大人了呢。”山崎先生说。

“发生了那么多事，我才体会到自己只不过还是个孩子而已。”我说。

父亲和那个女人殉情的地方是在离国道不大远的树林中间地带一个小村落的附近。

那里好像是一片早就没人居住的废墟——有的木制走廊已经朽烂得塌陷下去，有的房子窗户玻璃都被打碎了，有的阳台上放着好像晒了很久的冲浪板，大概是只有夏天才用的吧。在这样一个几乎没有人住的别墅群附近，有一条没有铺装过的小路，那里几乎没有人走过。小路被树林中茂密的树枝遮住，小路的尽头就是他们殉情的地方。

父亲他们俩（虽然这里不想用他们俩这几个字眼）是被住在附近的一个连环画作家的夫人发现的。他们是少有的几位移居到这里后长期住下来的人。她说，因为那辆车在罕无人至的小路尽头停了好几天，所以那天遛狗时就拐进去看了看。

那位夫人给人的印象特别好，她从心底里同情我们，为神情木然的母亲和我端上了热茶，作为感谢，后来我们给她寄去了回礼。没想到她竟给我们写了一封温暖热情的回信，连环画作家先生还在那封信上亲笔画了一幅动人的画。

他们俩为我们所做的一切让我们感到在那个悲惨的日子里，还有一线光亮温暖着我们。在我回忆着这对夫妇时，山崎先生那辆破旧的Mini Cooper也开进了被冷风吹得呼呼作响的树林中。本来开起来就摇摇晃晃的车，开在这种没有铺装过的道路上更是颠簸得厉害。爬坡的时候简直就像是坐过山车一样。

渐渐地，两个人都变得沉默起来。

我一边引导着他往那个地方开，一边开始觉得心里难受得几乎无法呼吸，眼前也一阵阵发黑。我不禁怀疑起来：自己真的想去那里吗?

当然，那个地方早就看不到父亲的车了，恐怖的场景也不会重现，只有被枯叶覆盖着的空荡荡的小路。

不知怎么，总觉得这里是那么令人厌恶，也许是因为有人死在了这里的缘故吧。这里是父亲结束了生命的地方，当时他的心情绝不可能是愉快的！父亲的音乐也好，那些精彩的演奏也好，还有我们在一起的时间，都被这个“黑洞”吸走了。就是这么个地方！

听到我说“就是这里”，山崎先生把车停下来。

“如果我把护符放在这里的话，是不是会让住在附近的人感到不舒服啊?”

“没关系吧。要不把它埋起来吧?”山崎先生说。

“那就把它埋在角落里吧。”我说。

山崎先生竟然从汽车后备厢里拿出一把铁锹，不是铲子而是铁锹!

“这个，您什么时候竟然用过这种东西啊?”我问。

“很久以前了，大概是我妻子在她娘家的院子里种球根植物时用过的吧。”山崎先生笑了。

“您夫人还好吧?”我问道。

“两年前离婚了，她离家出走了。”山崎先生说，“哦，原因并不是我有什么婚外情之类啊，虽然我不能说没有过外遇。但不管怎样，她是个让人摸不透的女人。当然，我们一直想要孩子却一直没有。结果她交了一个年轻的男朋友后，就和我离了婚。现在他们已经结了婚，连孩子都有了，她应该属于高龄初产。”

听了这些，说实话，我有些暗自高兴。但像他这样的人，我估计肯定身边早就又有别的女人了吧。

“是吗？”我说，“那么漂亮的一个女人，肯定不简单吧。不过，真的很遗憾，我和妈妈都很喜欢看你们两个在一起的样子。”

“‘芋头儿’不在了，我也离婚了，这些年发生了很多改变。我甚至奇怪自己竟然还能这样正常地过着日子。”山崎先生说。

“虽然我还有妈妈在，可是我也觉得好像什么都失去了一样。”我说。

“因为芳芳凡事总是想追究个所以然。可是，很多事不管你的脑子怎么样转来转去，却是找不到答案的。不过对于你来说，那也是你生活度日的一种方式，所以我并不觉得那就是幼稚，或者有什么不好。不过也有一种方法，就是茫然地凝视着一个一无所有的空间，什么都不想，只是那样呆呆地凝视。然后突然间你一直忍耐着的那些痛苦和悲伤就会一下子都不见了。你妈妈应该就是属于这种类型吧。”山崎先生认真感慨地说。

他的话简直是一语中的！我只好选择沉默。

“你是不是看到妈妈那样，觉得特别担心，于是什么都去替她考虑了？可是，不管多么亲近的人，很多事也是无法代替对方去考虑的。当然，我觉得这也正是你的优点。你总是那么努力，总是一刻不停地去思考、去行动、去为别人着想。你是那么坚强，让我都感动得想流泪。”

“不，如果把我冥思苦想的时间用于发电的话，肯定能发出不少电呢。可是真的，在这件事上，除此之外我也不知道自己还能做什么。我还从来没有这么烦恼过。”我说。

“不是的，其实芳芳从小就总是为别人考虑。‘芋头儿’和你妈妈两个人都是那种先做了再说的人。反倒总是芳芳为他们两个担心，可惜他们两个总是不在乎。所以那个时候我常想，作为独生女也挺不容易的。记得你那时候总是说：爸爸妈妈，那样做的话，明天会发烧的；吃得那么撑，待会儿该难受了。就像这样，总是这么替你父母操心。”山崎先生说，“你也该为你自己想想了。”

“谢谢您，山崎先生。”听了他这一番话，我从心底里感激他一直以来对我的关注和关心。

然后，我们两个默默地开始挖坑。虽然把护符埋在土里觉得有些过意不去，但和死在这里的人比，这大概不算是对神明的不敬吧。不、不，对于神明来说，肯定任何事都不会怪罪的，即使是再严重的事，比如说殉情或者自杀。这么一想，心里轻松多了。

我把新谷君给的护符埋在了土里，一边埋一边在心里感谢着他。

然后我终于掏出了它——父亲生前用过的手机。

那个曾经好几次出现在我梦里的手机。

那天早上，父亲把手机忘在了家里。父亲死后，手机仍放在家里充着电。警察说需要调查，暂时把它拿走了。毋庸置疑，那里面肯定有很多那个女人的短信和来电。当然，我和母亲发的那些无聊的短信肯定也被看到了。如果那天早上父亲没有忘带手机的话，在某个时间段里跟我们联系上的话，也许会让我们注意到他的不正常，说不定能够阻止事件的发生呢。事件后，这种心情一直困扰了我们很久。当警察把手机装在塑料袋里还给我们的那天晚上，母亲把那部手机摔在门口的地板上，气得不断地踩手机，直到把手机踩坏，然后伏在地上放声痛哭。目睹着那一切，我也被她那气得发疯的情绪感染，眼泪止不住地流下来。母亲哭叫着：我不想看到里面的东西，不想让别人窥视到我们的生活！

所以这部支离破碎的手机，也像父亲一样早就完完全全地死了。我把它收拾起来以后，还是舍不得扔掉，就保存了起来。

我把手机和护符埋了起来，虽然觉得有点儿对不起父亲，可是我只要一看到手机心里就难受得要命，所以想把它埋起来。留有回忆的东西，我还有很多，没必要非得留下这个令人悲伤的东西。

埋起来以后，说不定就再也不会梦见父亲找电话了。我希望能够那样。

不觉中，我开始把那些落叶盖回原处，心里甜蜜而温柔地想：爸爸，手机的灵魂也随您而去了，您就尽情地给我们打电话吧。

“那是‘芋头儿’的手机吗？真是令人怀念啊。为什么会破成这个样子？看着真可怕。”山崎先生说完，又笑着说：“埋起来后，没必要把那些落叶盖回去吧？我们挖的又不是陷阱。”

他的话把我也给逗乐了。我们俩的笑声在树林中随风轻轻地飘走。

我把那个包着盐的小包解开，也给山崎先生分了一点儿，我们俩一起把盐撒出去用以避邪除厄。

最后双手合十进行祈祷。

爸爸，您的照片已经拿到下北泽去了，请您早日成佛吧，虽然妈妈可能还有些生气，但她大概已经不再真的去责备任何人了。

还有那个不认识的女人，也许你是我那个还算漂亮的姑姑年轻时犯下的一个错误，我不知道，也不感兴趣。虽然绕来绕去让我们有了如此深的孽缘，可是薄命的美人，我不认识你，今后也不想知道你，我只是顺便双手合十为你祈祷。如果你能有来世，千万不要再和任何男人殉情了。虽然我能理解你不想一个人去死的心情，可你给周围的人带来的痛苦太深重了，你让多少人改变了人生啊。

“终于心安了一些。”

听到山崎先生的话，我一下子睁开了双眼。因为他不是在问我“终于心安了一些吗”，而是在说他自己终于心安了，这让我松了一口气。

因为，就像母亲不来也无可非议一样，这种事情，是不能勉强让人作伴一起来的。

今后，我会去给父亲扫墓，但是这里，我想我是不会再来了。站直了身子，我对着远处连环画作家那亮着灯光的房子深深地鞠了一躬。

希望你们幸福快乐，健康长寿！谢谢你们。

“我也能够释然了。过去每次一想到这里，眼前总是浮现出警车呀，以及停在这里的那辆车的情景，心情就会变得特别沉重。现在被今天的景色置换过来后，心情好多了。”

本来平平静静地说着这些话，眼泪却不由自主地夺眶而出。

在将要永远离开这里的时候，我突然记起那位连环画作家的夫人给我们沏的那杯热茶。她微笑着，爽快热情地说“喝吧”，然后把茶杯递给了我们。在她身后，连环画作家静静地看着我们，目光里既有遍阅人世沧桑的深度，也有夫妻俩相濡以沫的岁月温馨。那件事对于他们来说，应该也是一种巨大的冲击吧，他们心里也应该是不舒服的。可他们不但丝毫没有给我们那种感觉，还沉稳宽厚地招待了我们，处处显示着对我们的挂念。母亲和我都很礼貌地喝下了那杯茶，那滋味令我们终生难忘，那是人心中无条件地不求任何回报的亲切温柔的滋味。

“如果是那样，就太好了。”山崎先生说着看了看表，“已经四点了，看来是去不了大洗水族馆了。好在已经去了温泉，也够了。”

“不，我们去吧。”我说。心扑通扑通地跳着，能感觉到自己脸也红了。“明天一早我们就去。”

“……你说什么呢？芳芳。”山崎先生说，“那样，‘芋头儿’会杀了我的。”

“人都已经死了，不能来杀你了。”我说。

“他的鬼魂也会来取我的命的。”山崎先生笑着说，露出一排整齐漂亮的牙。我暗自想：这个人的笑容真好看啊。连周围煞风景的冬天的树林也随之烁烁闪亮起来。

“就算什么也不会发生，也没关系啊。我只想豁出去放任一次，做让自己痛快开心的事。”我说，“现在只想痛快开心。”

山崎先生默默地听着。我把手插在口袋里，眺望着远方的天空说：“就算发生了什么，我也无所谓，反正我又不属于任何人。而且我想见识一下男女之间那种力量，看看它到底有多厉害，竟然能够把父亲弄死。”

山崎先生目光严肃地盯着我说：“芳芳啊，像我这样的中年男人，没有谁会不喜欢你，没有谁会觉得你不可爱，没有人会不想抱你。男人都是这样的！可是，如果我对芳芳做了什么，从明天开始我就会厌恶死自己，会没法活下去的。所以请你别这么说了好吗？”

我沉默着点了点头，眼泪不断地流出来，止也止不住。

心里却觉得更加喜欢山崎先生了。怎么脸皮这么厚啊！

“那我可以喜欢你吗？”我说。

“芳芳，你现在还不是能够喜欢上什么人的状态。看不到这一点以及乘虚而入的男人，那才是混蛋呢。”山崎先生说。

虽然我想说：有人虽然心里明白这一点，但还是忍不住乘虚而入了呢。但终究还是没有说出来。

“是啊，您说的对。也许我只是想有个依靠吧。”我说，“家里唯一的男人突然不在了，也许就是这么单纯的理由吧。”

山崎先生扑哧一下笑了：“你可真逗，芳芳。我都忍不住笑出来了。”

“那，我们去大洗水族馆吧，下次一起去。您能带我去吗？也可以叫着妈妈一起去。当天去当天回也行。我是不想只带着对这里的记忆回去而已。”我说，“爸爸最喜欢水族馆了，我想替他去。”

“那好吧，等天气暖和了，把你妈妈也叫上，我们一起去。不过今天就回去吧，还得喝点儿辟邪酒什么的。现在我们先回东京，我得先把车放回去，才能去喝辟邪酒呀。我们就用日本酒干杯吧，也吃点儿饭。干脆奢侈一回，吃高档的。”

“那我们各付各的。”

“那要是让‘芋头儿’知道了，也会揍我的。”山崎先生笑了。

“反正只要我们在一起就会被他揍的话，不如索性不管那么多了。”我说着也笑了。能让自己这样撒撒娇，也觉得很满足了。

当然，我的心情并没有因此而变得开朗。

因为这是父亲死去的地方，无论看上多少次，这里的人迹罕至、寂寞荒凉也会给人一种萧瑟肃杀的感觉。和父亲一起死去的那个女人对我们来说依然是个谜。至于父亲，他内心里究竟是怎么想的，我们也依然不知道。可是，人生不就是这样的吗。天空依然那么纯净，空气依然那么清新，我还要一天天地走下去，母亲也还要好好活下去。每个人都不可能真真切切彻彻底底地把自己的感情弄得一清二楚，所以很多事其实没有必要非得找到答案，很多东西已经和那天一样，早已消失得无影无踪了。

每个人只要来到这种令人悲伤的地方，心情难免忧伤。相反，如果和谈得来的好朋友一起去吃顿美食，肯定会开心起来。人生不过就是如此而已。至于父亲的真实感情究竟怎样，我已经不想再去追究了。我只知道我是那么爱他，他的身上有那么多地方值得我爱。明白这些对我来说已经足够了，至于其他，我已经不想知道了。

含糊暧昧、心绪不快、唠叨磨叽、抑郁寡欢，每个人有着每个人不尽完美的地方，但这又有什么不可以呢?

算了算了，无所谓了，爱怎么着就怎么着吧。

难道不是吗？喏，我还活着，而且跟自己可能真正爱着的人在一起。

在薄暮笼罩的树林里，当这种想法在某种意义上真实地让我捕捉到的时候，我终于能够理解母亲跑到我的住处要和我同住的心情了，我终于能够发自内心地接受她了——不是作为自己的母亲，而是作为一个普通的人。

我觉得自己忽然间好像全都开窍了。就像是一片空旷的沃土在阳光的照耀下蓬蓬松松地翻卷起来，那里面容纳着类似答案一样的东西。

祭拜仪式做完后，突然觉得肚子很饿。于是，我们俩像朋友一样商量起来：做完祭拜的仪式后还是应该喝杯日本酒喽，可是晚饭去吃什么呢？上了车，带着平静明快的心情，我们开上了高速公路。

不知是不是因为我向他告白了的缘故，好像我们之间解开了一个结，我发现两个人的心情都变得更加轻松愉快起来。在车里，我们聊了很多，他好像从内心里能够接受我了。

也许是山崎先生的经验太丰富了，从而让我产生了这样的错觉吧，可我真的觉得如果我们两个能在一起肯定特别开心、特别般配吧。我发现山崎先生或许是受了爱好美食的夫人影响，即使是在选择小吃方面也绝不将就凑合。山崎先生说他家附近有一家店，荞麦面做得特别好，于是我们东聊西聊半天后，决定去那里吃晚饭。我们之间的气氛一下子变得莫名的兴奋，好像早把去过死亡现场的事忘在了脑后，又仿佛早就商量好了似的：要想从过去的阴影中挣脱出来，就得用这样决绝的方式挣脱！

一路上，我们有一搭没一搭地用一种说笑的口气聊着关于父亲的往事，关于母亲性格的改变，以及山崎先生的离婚。车里充满一种安详明快的气氛。

只是当车载收音机播放出第一次去新谷君家那天在出租车里听过的音乐时，我有一种想要流泪的感觉。

很开心，真的，和新谷君在一起时真的很开心。我多么希望那种错觉一直延续下去啊。

可又觉得我们不能再见面了。既然我已经明白和谁在一起会觉得幸福——即便这是由于过去的局限，使我在相对狭小的范围里产生的一厢情愿。但既然心里清楚了，就觉得不能再和他见面了。

也许有一天能够成为朋友，那主要还得看新谷君怎么想。不过，那肯定也是很久很久以后的事吧。一想到今后再也不能在下班后跟他一起去喝酒了，心中禁不住有些伤感。无法开花结果的东西自有它无可比拟的美好。

和那天听时的感觉不同，今天的音乐似乎格外能打动我的心。歌手用透明而柔弱的声音低喃着：再来最后一次吧。

我从来没为过去的事后悔，也从不后悔和他上过床。但是我必须走入新的生活。再见了“雷利昂——新谷君时代”！就像细沙不断从手中流逝一样，当你意识到的时候，一个时期已经终结。

车子仿佛明白我的心情一样，以同样的速度飞驰在高速公路上，道路两边郁郁葱葱的景色也不停向后飞逝而去。

山崎先生要带我去的那家店，与其说是荞麦面馆，不如说是一家正宗的高级日本料理餐厅。首先呈上的是一盘盘高级精致的小菜，最后端上来的才是刀工精美的手擀荞麦面。我忽然想起美千代曾经说：最近这种类型的料理店到处都是，吃也吃不过来。虽然我觉得荞麦面和法式小餐馆（Bistro）之间好像一点儿关系也没有，但因为美千代为了研究和探寻美味菜肴而到各处的料理店去用餐，于是我也想把这家店告诉她。可是刚一有这个念头，就马上反应过来：呀，我们的店早没了！不禁一阵黯然。这时我才终于明白，我曾经是怎样地把去那里工作当作了自己的支撑。

山崎先生回家放车时，我来到位于站前大楼里的书店打发时间。当我站在新出版书籍的展台前等待时，只见稍微换了下衣服的山崎先生笑眯眯地走过来，那种轻松自然的感觉，好像我们从很早以前就开始交往了似的。虽然我知道那是我的错觉，也知道从明天起我们将有很长时间再也见不到面。

在荞麦面店的和式座席坐下来，稍微喝了点儿酒，然后开始吃美味的和式菜肴。

“本来是我求您陪我的，应该由我来请客。可是，这里太贵了，我就是把钱包都掏空，大概也只够付我自己的。”我只能实话实说。

“是我提议来这儿的，是我穷讲究选择了这个地方，今天就让我请吧。因为芳芳是专门搞美食的嘛，所以我觉得不该带你去吃拉面呀烤肉之类的。而我们刚去了那么一个盛产海鲜的地方，却什么也没吃就白白折返回来，所以擅自决定只有来这儿最合适了。下回你再请我吧。对了，水族馆不错，好想去水族馆啊！我真的很喜欢水族馆。”山崎先生说，“我特别喜欢里面有很多鲨鱼的那个大玻璃水槽，还有水槽后面那个奇特的丛林游戏攀援架，那个造型真的好棒。每当我看到孩子们在那里玩，就会感动得想掉泪。”

“夏天到来前，我们一定去！我也特别想去。水族馆一般都是在傍晚关门吧？下次我们早点儿去。今天我就不客气了，去水族馆的时候，让我来请吧，到时候我们尽情地吃一回安康鱼火锅。”我说。

我们这么聊着的时候，我突然很欣慰地记起和父亲的最后一次闲聊，也是这么愉快。大概一说起下次去哪儿吃好吃的这个话题，人们总是会非常开心吧。

最后，荞麦面上来了，因为面的味道实在是太好了，我们俩谁也不说话，都默默吃起面来。能够不出声地吸食面条这一点，也是山崎先生的可爱之处。可他却说，吃面不出声会让他感到很压抑，接着又问我："你妈妈知道你找过我的事吗？"

“知道。所以一起去水族馆的事，一点儿也不会不自然。”我说。

“芳芳真是直来直去啊。”山崎先生笑了。

“所以说，根本还不够成熟嘛。就是现在也还是想要赖呢——今天别让我们到此结束，我还不想回去。”我说。

“又来了。”山崎先生说。

“对不起，我知道。因为山崎先生是看着我长大的，所以肯定做不到。这我都知道。我只不过是想撒撒娇罢了。”我说，“那我就还回到我的童年世界里去吧。不过希望我们今后还能见面。”

心情特别舒畅，有一种想做的都做了的痛快感。已经没有什么可怕的了，也好像没有什么需要舍弃的了。

“刚才……”山崎先生从桌子下方凹下去的暖炉空间里把脚拿出来，盘坐在一起，直起了身子，一边喝着日本酒一边说，脸颊红得有些像涂了腮红。但这并不是因为将要说的话题令他羞涩，而是因为喝了酒的缘故。这一点儿也让人感到他的可爱。我想，这个人到底是比父亲年轻，脸上一点儿也显示不出疲惫的样子，皮肤的光泽、手背上的纹路都和父亲有着很大的不同。父亲的人生早已饱经沧桑。

“嗯。”我点点头。

“你不是说你想知道你父亲所拥有的那种力量到底是什么吗？你指的究竟是什么呢？是男女间那种不知如何是好的纠缠吗？”山崎先生问。

“没错。如果那是一种能让人无论什么都可以抛弃不顾的力量的话，我想也许我能够原谅父亲吧。而现在我还不知道。”我说。

“‘芋头儿’生性怯懦……怎么说呢？或者应该说爱‘做梦’吧。不太会处理现实中遇到的事情。……那次他因胃疼去医院看病，结果被检查出胃部有个小肿瘤。他来找我商量怎么办。”山崎先生说，“我劝他做手术。据说这种早期肿瘤做掉的话，可以活很多年都没有问题。再说又不是发展很快的那种肿瘤，早点儿做掉，说不定能彻底治好呢。我还帮他找了一家不错的医院，不过，这家伙，看来是没告诉家里吧？总之在这方面他还像个孩子，可能他觉得一旦说出来，就会真觉得有那么回事一样吧。”

“等等。这件事，我怎么一点儿也不知道啊？简直不能相信！也不晓得妈妈知不知道。”我说，“得告诉妈妈。”

“……嗯，也许现在可以告诉她了，说不定你妈妈早就知道这件事了呢。”山崎先生说，“那个家伙，或许也是因为有了这件事，才凡事都不管不顾了吧。我猜他可能是想逃避，他还特别孩子气地说，他绝对不想去医院，不想再做各种检查。简直是个混蛋！”

“是不是因为那个女人的缘故，才得了这个病的啊。”我说。

“啊？你也这么想啊？我的脑子里也闪现过这个念头。我也说不清是为什么。你知道我们对那个女人也不了解，既没有见过面，也没有说过话，所以我才那样想的。不仅仅是我们，可能连那个送给你盐的阿姨肯定也觉得那个女人身上覆盖着一层巨大的阴影吧。

“就像神话里那种巨大的暗影，那个女人身上有那么一股劲儿能够把这种东西唤醒。但是作为一个普通意义上的女人，她不过就是一个水性杨花的放荡女人罢了，与那个巨大的暗影比，她只不过占了一个小小的边角而已。

“我们仅仅是通过‘芋头儿’那令人费解的死，看到了某种巨大的、阴暗的、无法辨清其真实面目的东西。可是，所谓的人生，确切地说，不都是由这种东西组成的吗？因为都害怕认识到它，所以人们才需要找到一个容易理解的解释吧。”山崎先生说。

“所以，我们为了能够接受这个现实，就总以为也许是因为他们曾经有过那种可以抛弃一切、挣脱一切束缚、连命都不要了的完美性爱。其实这不过是想要说服自己罢了。因为我已经人到中年，和芳芳比，可能知道一些那种感觉。但是，我并不因此就觉得‘芋头儿’是那种会轻易沉迷于女色的人。”

我不知说什么好，只好暂时沉默着。

脑子里出现了那个爱撒娇、好面子、有些恋母情结、不愿意在妻子面前示弱、在女儿面前永远都保持慈父形象的，带有一些奇妙的阴暗面的人物。

“爸爸真是个笨蛋！”我说。

“没错。”山崎先生应和着。

“承蒙这件事的影响，现在吓得我连一点儿性欲也没了，甚至食欲也没了。不过好在是在我吃完了美味的荞麦面之后。”我说。

心底突然像抽搐到一起似的。

“我可不是那样，不知怎么，倒觉得自己做好叔叔做累了，突然觉得就算变成一个坏蛋也无所谓了。”山崎先生接着说，“我被你吸引了。男人嘛，都是这个德性。我在这里就是再装好人、再拼命忍耐，就是让自己喝得烂醉也没有用。芳芳的想法不知是不是因为年轻的缘故，你思虑得实在是太多了。虽然我知道自己对你不会有任何真正意义上的帮助，可是我不由得想帮你把脑子里的东西清空。说实话，从刚才我就一直在犹豫。”

“男人和女人，有这么大的差异呀？”我说。对于这突如其来的转变，我惊讶得有点儿反应不过来。

“我觉得肯定不一样。”山崎先生说。

他说话时那沉稳的语气给我留下了深刻的印象，越听越能让人心情沉静下来。这到底是怎么回事呢？我百思不得其解。

我留意到这里的菜肴和荞麦面的价格都很贵，我知道今天真的是让山崎先生破费了。如果我坚持各付各的话，恐怕我连回家的钱也没有了。虽然我还有信用卡，也不是不可以用，不过我还是由着他付了。本来想开句玩笑“我用身体付吧”，可是一想到这种玩笑很可能会伤害山崎先生那种男人的感情，所以话到嗓子眼儿，又被我咽了下去。

从店里出来，外面的风依然带着寒意。我不由得想：看来冬天还没有过去啊。

这个秋天和冬天发生了太多的事，感觉好漫长啊。父亲死后，每天在茫然中觉得时间在飞逝，而依然身处原地的心却始终追不上来。到了现在这个阶段，好像现实生活突然跟了上来，时间反倒变慢了。我暗叹，这很大程度上是受了和我一起生活的母亲的影响吧，她一直在努力地把日子过得慢一些。

我在风中微微闭上眼睛想：即便是和母亲，我们也不可能永远一起生活下去。我说不定哪天就会消失在这风里。不得了！就死在这荒郊野外，和父亲一模一样。

那一天总会到来的，我的周围突然充满了一种终结的预感。

但那种感觉一点儿也不会让人觉得不快或者凄惨。而是觉得敞开了自己，从而能够确信，父亲现在去的那个地方，并没有什么不好，并不像我梦见的那样，被那个女人监视着，生活在那么狭小的地方。虽然暴尸荒野、被解剖、被打开、被抛洒了骨灰。可是我依然能够感觉到父亲的存在，那种感觉是那么温柔。

“怎么办?”山崎先生问，“你最晚要在几点以前回去?”

“我想午夜前回去。”我说。

“你妈妈肯定会担心的吧。”山崎先生说。

我挽住了山崎先生的胳膊。

“这到底是为什么呢？是不是因为跟您一起去祭拜过了的缘故呢。不知怎么，跟山崎先生在一起，总觉得特别轻松，觉得自己能够很自然地恢复到自己本来的样子。”

“这话，我那位离家出走的前妻也常说。”山崎先生说。

“看来你骨子里就是这样的人啊。”我笑着说。

再说得明白点儿，就是跟他在一起时，我觉得自己是个女人。

车站前宽大的环形广场上，停了很多大巴和轿车，路上的行人几乎都是穿着西服的上班族，满大街都是那些面红酒酣、腿脚不稳的人。

“为什么芳芳会喜欢我，想和我做呢？”山崎先生说，“我知道问这样的问题有点蠢，也确实很差劲儿，可还是忍不住想问。”

看来如果没有一个可以说得过去的理由，这个人就无法想通吧。山崎先生的衣服上有一种很好闻的坚果味道。是的，一旦他自己想通了，那么即便是在一般世俗的眼光里属于禁忌的事情——和自己好友的女儿好上了，而且和那个好友的妻子也认识，他也会全不在意。我能感觉到他是那种性格勇敢果断的人。

“这段时间，我只有和山崎先生在一起时，才觉得有了活着的色彩。只有和山崎先生说话时，才不必过于小心翼翼地顾及什么。”我说。

因为试着和男朋友睡过了，才知道自己真正想要的人是谁。每当听到山崎先生的声音，那一刹就会让我有了活着的希望。可这些话我却说不出口。因为这样实在对不起曾经真诚地找到我的新谷君。

“对不起，我这样说实在是太孩子气了，可真的就是这样！而且，因为我一直是大家眼里的好孩子，这两年来，要安慰母亲，要认真出勤、认真工作，努力收拾起自己的悲伤，为了健康早睡早起，一心埋头于工作……因为，父亲一步一步走向死亡的过程，离我实在是太遥远了，不知怎么，就好像自己被抛弃了一样。

不是想通过跟自己喜欢的人上床来排遣郁闷，也不是想让自己沉迷于中年男人高超的做爱技巧中好借以了解父亲的心情，更不是把山崎先生当作我朝思暮想的单恋对象。可是，所有这些在我心里乱七八糟地搅在了一起，我想在现实中实现它们。”

“好吧，我明白了。”山崎先生说，“那就做吧。”

“这是什么话啊。”我笑了。

心情不可思议地沉静。也许是因为有了一种自信吧。的确，我们俩的关系已经超越了现实生活中早已设定好的男女关系的范畴，然而作为两个普通的人，我们是互相喜欢对方的。

走在路上，我们俩谁都没有再说话。最后说的那句话是：“去我家你不会介意吧？”“不。”

我一直挽着山崎先生的手臂，心里不断暗暗祈祷：别让我的梦消失，别让奇迹溜走。

我给母亲发了一条短信：“去了父亲死去的现场后，心情有些沉重，喝完酒后回家，可能会很晚。别担心，我不会想不开的。”

我知道母亲还不至于对我的生活干涉得那么厉害，所以一点儿也不担心露馅。一想到在接下来的几个小时里，我将从日常生活的流程中消失，心情竟莫名其妙的好。因为我既不是独自一人，也不是要去什么孤寂黑暗的地方。日常生活中的一切，责任、过去、各种关系等等，都可以从脑子里清除出去。

假如父亲当时的心情比我沉重一百倍的话，我觉得我仿佛已经窥视到了它们的一个小小的边角。如果说这是一种强烈的解放感，那么我的感情里就像注入了太多想要任意飞翔的自由似的，自己几乎要被其燃烧殆尽。

山崎先生的家是在一座造型奇特的漂亮公寓的五楼。打开门走进去，房间非常干净，一只毛色光滑漂亮的灰猫慢吞吞地从房间里走出来。

“我妻子走时把猫留下来了。”山崎先生说。

“是为了不让山崎先生寂寞吧。”我说。

“不是，她曾经把猫带走，后来有了孩子，说不能养了，就送了回来。我们两个都是被她抛弃的。”山崎先生抚摸着猫说。

说不定什么时候我也会做出对不起他的事呢，反过来他说不定同样也会……然而我现在对他们却有着无尽的柔情，无论是山崎先生还是那只猫。

“碰巧刚才我们俩都泡了澡，要不我们就直接开始吧。”山崎先生说。

“碰巧？”我笑了。

我们俩手拉手上了床。

静悄悄地躺下来时，山崎先生说:“这是第一次，也可能是最后一次。老实说，我是这么想的。可是不骗你，我是真心的。”

我点点头，听了他的话，我不禁悲从中来，眼泪不由得夺眶而出。

可是这是不一样的，和父亲与那个女人不一样的，和我与新谷君也不一样。我意外地感到，这里没有我想要捕捉的那种阻塞感和走投无路感，反而有着太多确定的东西和很多可以持续下去的因素。那么，是不是没有一样东西和想象的不一样呢?

我发现，几乎没有一样东西是在预料之中的。

虽然新谷君那么真诚地找到我，与我年龄也相当，又没有什么缺点，可我对他却喜欢不起来。正因如此，没有一件事是能够预见、能够预定的。

山崎先生的做爱方式与新谷君不同。新谷君技巧灵活，花样多得甚至常令人感到难为情，生理上意想不到地能让人感到极大的愉悦和满足。

于是，我不由得想：原来我本能地知道了这一点，才和新谷君交往看看的呀。

然而和新谷君的交往却走进了死胡同，身体上获得愉悦的结果就是路也走到了尽头，因为我们再也无法看到更高一层的风景了。虽然这还只是父亲走向死亡之路的入口，但实际上我已经清楚地看到了。

山崎先生笨拙得像个中学生，但毕竟他曾有过长年的婚姻生活，当面对女人的时候，他身上还是会习惯性地显露出一种温柔来。这时我却因为想起他那美得耀眼的前妻而感到心里一阵疼痛。因为心里太疼，所以一点儿愉悦的感觉也没有。甚至也没有那种——我是为了背叛父亲在做，或者是不想再做母亲眼里的好孩子在做——的痛快感。

可是，山崎先生所做的每一个动作都让我觉得那么可爱，给我带来颤抖的感觉。

我知道这个人真的已经逐渐喜欢上我了，这一点不必通过任何语言，我已经真切地感受到了。我觉得他现在也看到了我内在的东西。

表面上看，新谷君和山崎先生完全是两个相反的类型。这曾经让我这个不谙世事的人产生过错觉。可是现在我知道了，两个人都是我喜欢的类型。中年人熟练的经验，性爱时的和谐，还有性爱本身的美好……青年人的恋爱，体贴但却有些生硬的性爱……我觉得这些掺杂进我内心那些混乱的要素中，通过现实好像自然地得到了清理。

山崎先生用了相当长的时间，做了充分的前戏后才终于进入我的身体。那一瞬，我好像有一种决绝的感觉，再也回不去了，也不想回去了。算了，什么也不想了，就这样吧。

我不知道他是不是也有着和我一样的感觉。

而这正是我自己一直以来非常珍惜的东西。

也不知是不是长途奔波累了的缘故，我们俩沉沉地睡了一个多小时。

睁开眼时，眼里的世界变了，好像所有的一切都恢复到了原来的样子。爱的魔法依然还在，眼前变得明亮起来。

猫在我身边酣睡着，隔着猫，只见山崎先生正注视着我睡眼惺忪的样子。

时间已是深夜一点半，该回去了。

我慢慢地爬起来，开始穿衣服。虽然不想回去，可是没有办法。因为已经到了爱的魔法消失的时间了 。

“本来我以为我会特别厌恶自己的。”山崎先生一脸严肃地说。

“我已经是大人了，自己的事情自己负责。”我说。

“别说话，芳芳。我想忘掉芳芳是‘芋头儿’女儿这个事实。我只想让自己觉得是跟一个年轻可爱的女孩情不自禁地做了想做的事。”山崎先生说。

就连他那关节凸起的膝盖、手指上的汗毛都让我为之心动。

“那不可能，在您说出来的那一刹那，就已经意味着不可能了。”我一边抚摸着猫，一边微笑着说。

在门口，山崎先生紧紧地抱了我，牵着我的手来到大街上。

“将有很长时间见不到面了吧。”山崎先生说，“真要命啊。竟然见不了面。”

“到春天吧。”我说，“等我从法国回来以后，再跟您联系。到那时，根据您的心情，您再告诉我还想不想去水族馆。”

“嗯，我知道了，就这么说定了。”山崎先生说。

“我有个请求。”我说，眼泪又流了出来。

再哭多少回，泪水才能流尽呢？我已经不想再哭了，已经哭累了。可是……

“在春天到来之前，请不要跟任何女人一起生活。您可以跟她们上床，可是别跟她们一起生活。”

“我知道了。”山崎先生说着，摸了摸我的头。

像父亲，又像恋人一样，这二者都是我当时所没有的。

深夜的街道，空气清澄。我深深地吸了一口冰冷的空气，有些不舍得它们把残存在我身体里的余温夺走。

上了出租车，我好像在念一句让一切都随心所愿的咒语一样，说道：“去下北泽，拜托了。”

那是我现在的家乡，有我要守护的东西，是我要回去的地方。

关上车门，看到山崎先生在黑暗里向我招了招手，然后转过身朝着那个我们曾真真切切相互拥有过的房子走去。

心中百感交集，脑子已无法思考。我在紧挨着茶泽大街沿线的车站入口下了出租车。

虽然已是深夜，路上却依然行人不断。这时突然想起了和新谷君在一起时的情形，看来我并不是那种适合沉溺于情欲当中的人。我想：那种想知道情欲到最后是什么结果的心情，也许到了父亲那个年龄，才会更加清楚吧。

我依然是懵懂不清，关于父亲和那个女人……关于他们的关系，关于那个女人的性格，以及他们两个一起看到的东西，所有这一切我依然不知。虽然觉得很悲哀，但毕竟那是只属于他们俩自己的东西，是他们俩赔上性命看到的东西，就像我和母亲曾经是父亲的宝贝一样，那是只属于父亲自己的东西。

虽然任何人都不能跟他一起拥有，却可以去感受那种心情，从中找到契合点。

再见，新谷君。谢谢你。

当我想到这里时，虽然心情有些郁闷，但好在我的身体里还充盈着山崎先生身体的余温。我像怀揣着珍宝一样，带着它走过东街来到王将饺子馆门前。

王将饺子馆里依然灯火通明，充满活力。很多客人在用餐，当我透过玻璃窗看到这情景时，心情一下子好起来。

我向左拐又回到茶泽大街上，走到原来我们店的位置。虽然那里已是一片黑暗，但大楼还在。

这里马上就会变成一片空地，樱树也会被砍掉。那个曾经把夜路装点得美丽灿烂的生命很快就要消失了，我却一点儿办法也没有。即便跟她说声谢谢，也得不到任何回应。轻轻地抚摸着她的树干，心里涌起的也只有即将分别的忧伤。无法想象，明年再也看不到她盛开的样子了。

那扇我曾经每天都要推开的厚重木门，也将从这个世界上消失不见，简直无法相信……可是，令人不可思议的是那些景色、那些感觉都依然存留在我的心里，是迄今为止只属于我一个人的东西。也许走在这条大街上的人们会在某个地方有着和我一样的契合点，从而曾有过和我同样的感触。即使有一天我们从这个世界上消失了，这些感触也永远不会消失。

就像和父亲一起生活过的场景一样，就像父亲的遗传因子一样，确确实实地存留在我的身体中。

在我的脑海中，在身体里众多的细胞中，在我的眸子里，那些存留下来的光景是永远也夺不走的。我不由得攥紧拳头，默默地在心里说："时间，你等着瞧！"

站在寒冷的星空下，我深深地懂得了：虽然自己看起来很年轻、很悲惨、一无所有，而且这个世界上没有任何人能和我共同分担这些东西的全部，但是对于那些拥有着某种同样东西的各种各样的人们来说，我却和他们共有着一个相同的经验和感触，那就是对自身的珍重。

闭上眼睛，我心里的那棵樱树，枝头正开满淡粉色的樱花，在风中轻轻摇曳着。

同时，我心中的雷利昂正静静地、永无休止地经营着。

这些不管发生什么都不会消失的。放心吧！

我再次想到：等到了春天，又会有新的东西映入眼帘，比如巴黎和法国乡间的很多美景、众多的美食，还有美千代做出决断时的面部表情等等等等。而且，说不定还有山崎先生各种新的表情——相互憎恶、相互争吵、相互冷战。也许会有这些，但我现在已经不怕了。也许我们再也不会见面……可那是我从法国回来后才需要考虑的，不到那时谁也不知道会怎么样。为了塑造好那时的自己，现在就得做好每一天。

并不仅仅是因为和自己喜欢的男人上了床，也不是因为祭拜完父亲后，人一下子轻松了下来的缘故。

如果问我最近都做了些什么？我却觉得自己好像什么也没做，一切好像都是在梦里。可实际上并不是什么都没做，这一点让我感到神清气爽。那种窒息感、走投无路感，不觉中都随着生活的继续而发生着改变，意识到时，自己已经到了一个没有任何重负的地方歇息。我只是觉得这个地方真好。

我独自站在深夜寒冷的大街上，好像特别孤单寂寞，可是从这条街整体来看，却一点儿也不寂寞。

离这儿不远处就是千鹤姐的店，现在她也许正炒着什么美味佳肴吧？艾丽大概已经收拾好茶馆，就在刚才，正静静地穿过商店街走在回家的路上吧？万人迷的阿羽已经锁好他那间二手书店的门，今天又和哪位女士约会去了吧？咖啡店里的那对夫妇，今天也默默地缠上头巾，戴上围裙，在不停地冲泡咖啡端给客人吧？到了明天，美千代应该会打电话和我谈关于去法国的事吧？这个时间说不定美雪和阿哲正在店里收拾着，或者已经收拾完，两个人正亲密地穿过住宅街走在回家的路上吧？

还有很多很多我来这里工作后认识的人们，他们的笑容和动作、表情都浮现在我的眼前。

我和母亲在这里结识的人们，今天也同样在这里忙忙碌碌地度过了平安的一天吧。

这就是所谓的街道。

数年前互相之间还完全不认识的人们，就像呼吸一样进进出出地在这条街道上忙碌着他们的营生。我觉得自己并不孤单，因为还有那么多我不认识的人们，同样有了他们进进出出的辛勤劳作，才有了现在的街道。

就像富士子女士说的那样，虽然乍一看那杂乱无章丑陋不堪的街道像是一片混乱，但不知不觉中竟在心里映成了一幅优美的图画，那图画上的风景是那么美丽！

那是把人们的欲望、丑陋、凄惨、爱意、优秀、笑容、富裕全部混在一起，像爬墙虎的藤蔓一样无意识地绞缠在一起绘制出来的，即使用刀去砍，用火去烧，只要那景色在人们的心中活着，它们就不会被夺走，甚至别妄想被触碰。

我想，而今我的父亲正是通过我这个媒介，在我的内心里也归属了那个地方。

感谢你，让我懂得了这些的下北泽！感谢你如此温暖地环抱着我，让我得以栖息。不管你的外形发生怎样的变换，也请你顽强健壮地发出新芽，永远在这里活着……

这是过去许多人都有过的单纯愿望吧，我又加上了一层。

被看不见的东西打败的人们，留下遗憾离开这里的人们，在遍布着对他们的思念残骸的战场上，我们如同把一束束鲜花奉上一样，每天一步一个脚印地向前走着。

其实，原来的家所在的街道和这里应该也是相同的，我是到这里后才开始注意到的。因为这里是清风拂过的地方，注入了人们特殊的期望，是被人们爱着的地方。

虽然脚上穿着成熟女性才穿的那种漂亮的皮鞋，可是走在路上，我的脚步却感到异常轻松，就像穿着小时候跟父亲一起去买的运动鞋一样。

走过这条人行横道，眼前就是我的家，母亲正在家里等我。我看着从母亲所在的房间窗口透出来的光亮，知道那是那台巨大的液晶电视发出的光。虽然我失去了父亲，可我还有母亲，不管怎样，我能够见到她，而且能够和她一起生活的日子，应该还有很多很多吧。

我马上就到家了，妈妈，我那活在世上的妈妈，我马上就会跟您说：我回来了！

一想到这儿，心里就像落进了许多闪闪发亮的星星一样，充满了幸福感。

什么都没有变，疙疙瘩瘩的感觉也还没有完全解开，可是我的心里却有了像是答案一样的东西。

もしもし下北沢